Autorin:
Astrid Meisinger, geboren 1973
in Regensburg, ist in Nieder-
bayern aufgewachsen und lebt
nun seit 15 Jahren mit Mann
und Tochter am anderen Rand
der Hallertau in Oberbayern.
"Carinas coolster Urlaub" ist
ihr erster Roman.

Astrid Meisinger

Carinas coolster Urlaub

Bibliografische Information der
Deutschen Nationalbibliothek. Die
Deutsche Nationalbibliothek
verzeichnet diese Publikation in
der Deutschen Nationalbibliografie,
detaillierte bibliografische Daten
sind im Internet über http:\\dnb.d-
nb.de abrufbar.

Herstellung und Verlag
BoD – Books on Demand, Norderstedt

ISBN: 978-3-7504-0125-9

Carinas coolster Urlaub

1

Nicht mehr ganz so mißmutig trottete ich meinen Eltern Richtung Strand und Liegewiese hinterher. Die Sonne blendete und ich wollte soeben meine Sonnenbrille aufsetzen als -klatsch- mir ein nasser Wasserball an die Schulter prallte. Erschrocken sah ich auf und Richtung Pool als sich ein dunkelhaariger Junge sogleich entschuldigte:

"Sorry, oh, Entschuldige". Er lächelte mich an und ich bückte mich nach dem Ball und warf ihn ihm zu. Meine Eltern hatten von dem kleinen Vorfall nichts mitbekommen und waren zielstrebig in Richtung einer Baumgruppe unterwegs um Liegen für uns drei im Schatten zu organisieren.

Heute hatte unser zweiwöchiger Urlaub auf Rhodos begonnen, welchem meine Eltern, vor allem meine Mutter als ausgemachter Griechenland-Fan, bereits entgegengefiebert hatten.

Nicht so ich, ich war vor kurzem 16 Jahre alt geworden, und ich war nicht ganz freiwillig in den Urlaub mitgekommen. Zuhause war ich gerade mal fünf Wochen mit Mark zusammen und ich hätte lieber mit ihm und meiner Freundin Laura Zeit verbracht, im Freibad, beim bummeln, beim eisessen, im Kino.....Und dann war da noch der Vorschlag von Lauras Mama gewesen, nämlich eine Jugendreise mit dem Bus nach Kroatien. Sie saß im Reisebüro erstens an der Quelle und wäre zweitens froh gewesen dass Laura nicht allein zu Hause hätte bleiben müssen, ihre Mama musste nämlich eine Urlaubsvertretung machen und in dieser Zeit ganztags arbeiten. Da aber meine Eltern schon im Winter für die Sommerferien gebucht hatten konnte ich leider nicht dabeisein. Laura wollte allerdings auch nicht ohne mich fahren. Vielleicht würde es ja nächstes Jahr klappen.....naja, nun war ich hier auf Rhodos. Laura war noch nie geflogen und hatte mich glühend beneidet.

Und natürlich gibt es schlimmeres als Urlaub am Sandstrand zu machen...

Ich hatte eine anstrengende 10. Klasse hinter mir und nach den Sommerferien würde es mit Vollgas in der 11. weitergehen.

Von der Anreise her etwas müde - unser Flieger war einer der ersten um

5.50 Uhr gewesen - wollte ich nun einfach etwas chillen auf der Liege bis unser Zimmer fertig war. Mama nervte schon zum zweiten Mal ob ich nicht die lange Jeans endlich ausziehen wolle, denn sie hatte extra einen Bikini schon ins Handgepäck gesteckt. Ich grummelte etwas und machte es mir auf der Liege gemütlich.

Als ich langsam wegdöste hörte ich eine Stimme "Volleyball am Strand" rufen und als ich kurz aufblickte stand er wieder vor mir: der gelockte Junge von vorhin vom Pool. Mit knallroter Badeshorts mit dem Hotellogo drauf - also wohl einer der Animateure. Ich schüttelte den Kopf und Mama sagte irgendwas von "just arrived, ist unser erster Tag". Zwinkernd ging er weiter und versuchte wohl bei anderen Gästen sein Glück. Ich dämmerte erst mal weiter.

Weit kam ich mit dem Nickerchen nicht, denn Papas Handy ging los. Die Meyers waren nun auch gelandet und auf dem Weg zum Hotel. Es war Papas Arbeitskollege mit seiner Tochter und seinem Sohn. Er war geschieden und flog nun eine Woche mit seinen beiden Kindern in Urlaub. Mein Vater war total glücklich darüber gewesen, weil seine Tochter nur ein Jahr älter war als ich und er sich ausmalte wir könnten Freundinnen werden und so wäre der Urlaub für mich nicht so langweilig. Der 12 jährige Sohn wollte wohl eh nicht mehr viel mit seiner Schwester machen - oder umgekehrt.

Er verabredete sich mit Ihnen für 15 Uhr an der Hotelbar und wir konnten nun zurück zur Rezeption und unser Zimmer beziehen.

Mama war total aus dem Häuschen als wir das moderne Zimmer bezogen und wir vom Balkon aus tatsächlich schönen seitlichen Meerblick hatten. Ich fand das Zimmer auch wirklich hübsch, das Bad war frisch renoviert mit einer modernen Dusche und modischen Fliesen. Durch mein Zustellbett war es ewtas eng im Zimmer aber durchaus noch passabel. Am liebsten wäre ich erstmal in Ruhe auf dem Zimmer geblieben und hätte gleichmal WLAN eingeschaltet um Mark und Laura zu schreiben und ein bißchen in Youtube zu schmökern. Aber denkste!

Mama war schon am herrichten der großen Strandtasche und plapperte in einer Tour vom schönen Strand und der

Taverne gleich hinten rechts. Sie war schon zweimal mit Papa vor meiner Zeit auf Rhodos gewesen und war voller Tatendrang. Sie hatte die gemeinsame Zeit mit den Meyers akzeptiert weil sie wohl so ein besseres Gewissen mir gegenüber hatte, obwohl ja Papa nur Franz Meyer kannte, aber nicht die Kinder!

Jetzt im Bikini und Strandkleidung gingen wir zurück zu den Liegen und dann erstmal zum Pool. Zugegeben, es war eine Wohltat endlich im angenehm warmen Wasser zu treiben, aber genießen konnte und wollte ich den Urlaub immer noch nicht. Mama und Papa sahen sich versonnen an und seufzten behaglich, na wenigstens sie freuten sich.

Kurz vor der verabredeten Zeit warteten wir dann bei einem kühlen Drink und Erdnüssen an der Bar auf die Neuankömmlinge. Als drei Leute auf uns zukamen - ein erwachsener Mann, ein Junge und eine junge Frau im Schlepptau- erkannte ich Franz. Tobias, der Sohn, grüßte grinsend, und dann sah ich Sophia und erstarrte! Absolut aufgetakelt und überschminkt und unsymphatisch - na Bravo! Das war gleich mein erster Eindruck, mir fiel auf dass auch

meine Eltern kurz stutzten, sich dann
aber alle begrüßten und vorstellten.
Sophia wirkte auf mich älter und
cooler als 17, aber in einem mich
abstoßendem Maß. Ich fühlte mich
neben ihr wie ein Dorftrampel mit
meinem sportlichen Bikini.

Sie hatten bereits ihr Zimmer
bekommen und waren schon in
Strandkleidung, Sophia in einem
Leopardendruck Bikini mit passender
Netztunika darüber - wie ein
TopModel. Tobias schielte an uns
vorbei und wollte mit Taucherbrille
zum Pool. Sophia wollte einen
Cocktail ordern nahm aber nach einem
scharfen Blick Ihres Vaters dann doch
eine Cola. Gelangweilt schaute sie
sich um und sah uns abschätzend an.
Franz und mein Vater schlugen sich
auf die Schulter und lachten über die
armen Arbeitskollegen die nun zu
Hause schwitzen mussten und Mama fiel
in das Gespräch mit ein. Tobias ging
zum Pool und ich saß da mit Sophia.
Sie sagte nichts und zwinkerte dem
Kellner zu. Der erwiderte prompt ein
schelmisches zwinkern. Mir egal.
Sophia streifte mich mit einem
überlegen wirkenden Blick und holte
ihr Handy aus der Strandtasche. Ich
war Luft für sie.

Da wir zuvor nur kurz im Pool waren ging ich wieder dorthin zurück und ließ mich vom Rand in Wasser gleiten. Prustend tauchte Tobias vor mir auf und fragte mich ob ich auch eine Runde mit ihm tauchen wolle. Er war im Gegenzug zu seiner Schwester kommunikativ und aufgeschlossen. Ich fand ihn ganz nett aber was sollte ich mit einem 12 jährigen im Pool? Das fehlte mir gerade noch, dass ich für ihn eine Art Babysitter machen sollte. Ich sagte ihm leicht lächelnd ab und schwamm ein paar Bahnen. Ein Blick zur Bar verriet mir, dass sich die Erwachsenen immer noch gut unterhielten und Sophia immer noch auf ihr Handy glotzte.

Nun ja, Gelegenheit für mich, mich mal schön faul in die Sonne zu legen. Ich stieg aus dem Wasser und duschte mich ausgiebig mit dem erfrsichenden Wasser ab bevor ich tropfnass in der Hitze zur Liege zurückging. Ich trocknete mich ab bevor ich mich dann schön gemütlich auf die Sonnenliege legte. Nach einigen Gedanken an zuhause und an Mark nickte ich ein.

"Carina.....Carina, Schatz, bist Du denn nicht eingecremt"? Mama sah mich ewtas besorgt an und ich bemerkte nun auch dass die Haut an meiner Nase und meinen Schultern etwas von der Sonne gerötet und gespannt war. Ihre Fürsorge war mir eher peinlich, vor allem als ich sah, dass Franz, Tobias und Sophia sich auch Liegen organisiert hatten und nicht weit enfernt alles mitbekamen. Sophia blickte herablassend in meine Richtung, sie hatte sich anscheinend mit Sonnenöl eingerieben, denn sie glänzte und duftete nach Kokos. Sie war bereits schon so braun, wie ich am Ende des Urlaubs nie sein würde. Ich hatte zwar dunkles Haar jedoch eine empfindliche Haut, die es vor zu viel Sonne zu schützen gab. Wieder kam ich mir in ihrer Gegenwart ungut vor. Kindisch. Franz zischte ihr nun schon zum zweiten Mal etwas zu, das wie "Handy weg" klang. Ha, mußte Miss Cool doch auch auf ihren Vater hören?!

Mama schlug einen gemeinsamen Strandspaziergang vor, was allerdings nur bei Papa gut ankam. Tobias und Sophia schüttelten die Köpfe und Franz meinte "ich hab doch jetzt Urlaub". Als sie mich fragend ansah überlegte ich ob es besser sei, bei den Meyers zu sitzen (nein, Danke) oder wie ein kleines Kind mit den Eltern mitzukommen.....trotzdem entschied ich mich genau dafür. Kaum waren wir ausser Hörweite legte ich los:" Na super, da habt ihr mir ja was schönes eingebrockt mit dieser Sophia! Was soll ich mit der eingebildeten Kuh?" Papa meinte:" Nun lass ihr doch erstmal Zeit anzukommen, das wird schon..." Mama meinte Sophia sei ihr auch nicht auf den ersten Blick super symphatisch gewesen aber ich solle ihr eine Chance geben. Hatte ich eine Wahl?

Mama nahm Papa und mich an der Hand und und zog uns weiter Richtung Meer. Na das ließ ich mir eingehen! Der Strand war feinsandig und nur am Wassersaum waren einige Kiesel im klaren Wasser. Ich tauchte mit dem Fuß ein und war angenehm überrascht wie warm das Wasser war. Am Strand herrschte reges Treiben, von Tretbooten über Jetski, von Badenden über Strandwanderer und von Burgen bauenden Kinder bis Faulenzer auf Lufttieren. Besonders witzig sah ein älterer Herr mit rundem Bauch auf einem rosa Flamingo aus. Mama lachte glücklich und zog uns weiter. Insgeheim genoß ich den Spaziergang.

Nach ungefähr einer Viertelstunde erreichten wir die besagte Taverne "Dionysos" umd Mama bekam einen verklärten Blick: "Hannes schau doch! Es hat sich nichts verändert! Und da! Da vorne ist Yannis!" Ein grauhaariger Grieche kam auf Mama zu und umarmte sie herzlich. Papa begrüßte er mit einem freundlichen Schulterklopfen. Mir gab er freundlich die Hand und drückte sie. Ich fand ihn auf Anhieb nett, also das genaue Gegenteil von Sophia.

"Es ist hier noch gemütlicher geworden seit wir zuletzt hier waren" lobte Mama. Sie war mit Papa vor 5 Jahren hier gewesen und ich damals bei Oma und Opa.

Die Taverne war wirklich urgemütlich mit typisch griechischen kleinen Holztischen und geflochtenen Stühlen. Karierte Tischdecken und schöne Pflanzen sowie eine schöne Deko aus Statuen und Torsi und Muscheln rundete das Ambiente ab. Das Lokal war sowohl vom Strand als auch von der Strasse aus zu erreichen und es wehte eine angenehme Brise hindurch - vermischt mit leckeren Düften aus der Küche. Erst da bemerkte ich wie hungrig ich war. Wir setzten uns an einen Tisch mit wunderschönem Blick zum Meer. Das hätte Laura wohl auch gefallen. Und Mark.....

Wir bestellten Cola für alle und eine Gyrosplatte und einen griechischen Salat. Ich feute mich wirklich aufs Essen und auch weil Mama und Papa beide richtig strahlten. Als das Essen kam strahlte ich auch. Die Gyrosplatte war mittig mit saftigem Gyros belegt, ringsum waren Pommes, Pita, Zaziki, Tomaten und Zwiebeln - wow, wie lecker! Der Bauernsalat war ebenfalls appetitlich angerichtet mit einer großzügigen Scheibe Feta obenauf. Wir liessen es uns schmecken und die kühle Cola rundete den guten Geschmack ab. Langsam meinte ich, der Urlaub könnte doch gar nicht soo schlecht sein. Yannis kam kurz an den Tisch und fragte ob alles gut sei, er war sehr beschäftigt denn im Lokal waren viele Tische besetzt. "so frisch gestärkt können wir abends ruhig später zum Buffet gehen" lachte Papa.

Als wir zum Hotel zurückkehrten waren Franz und Sophia auf ihren Liegen, Franz schnarchte und Sophia war am Handy.

"Na, auch schon etwas eingelebt?" fragte Mama freundlich. Sophia sagte spitz darauf, dass dieser Urlaub nicht ihre Idee gewesen sei. Mama ließ sich nicht beirren aber ich bemerkte dass sie kurz gestutzt hatte. Mit einem lauten Schnaufen wachte Franz auf und fragte Sophia, ob sie ihm bitte ein kleines Bier holen könnte. Schnippisch sagte sie, sie sei nicht als Laufbursche mitgekommen. Franz lachte laut, sah sie aber durchdringend an, man konnte die Spannung spüren.

"Komm Franz, trinken wir abends gemeinsam ein Bierchen, wir werden langsam duschen gehen. Was haltet ihr von einem gemeinsamen Tisch fürs Abendessen? Ich kann gern mal nachfragen" bot sich Papa an. Franz nickte und damit war es beschlossene Sache. Mamas Blick konnte ich gerade schlecht deuten.

Auf dem Weg zum Zimmer ließ Papa Mama und mich vorausgehen und reservierte für uns sechs einen Tisch im Restaurant. Auf dem Zimmer duschte ich als erste und hatte danach endlich mal Zeit mit Laura und Mark zu schreiben. Laura fragte schon, wann ich ihr ein paar coole Fotos schicken würde und Mark hatte mir auch schon ganz lieb geschrieben ob wir gut angekommen wären. Er schrieb auch dass er für ein paar Tage zu seinen Großeltern fahren würde und freute sich schon darauf mit den

Nachbarjungs von dort Fußballspielen zu können. Ich freute mich für ihn und vermisste ihn bereits.

Ich entschied mich für meine neue Jeansshorts und eine ärmellose pinke Bluse zum knoten. Dazu meine Keilsandalen und ein leichts Makeup und ich fühlte mich gut.

Frisch geduscht und gut duftend machten wir uns auf den Weg zum Speisesaal. Mama hatte ein schönes Sommerkleid an und durch das Lufttrocknen der Haare schöne Wellen. Sie zwinkerte mir zu und drückte kurz meine Hand. Im Speisesaal wurde uns Tisch Nr. 33 zugewiesen, ein runder Tisch am Fenster mit schönem Blick über Pool zum Meer runter. Die anderen waren noch nicht da und wir setzten uns schonmal.

Obwohl wir nachmittags in der Taverne schon gegessen hatten hatte ich trotzdem schon wieder einen guten Appetit.Ich freute mich schon aufs Buffet, und vor allem auf die Nachspeisen. Was ich im Vorbeigehen gesehen hatte war vielversprechend!

Nun kamen die Nachzügler und ich musste aufpassen dass ich mich nicht an meiner Cola verschluckte. Sophia hatte ein Stretchminikleid an das beinahe waffenscheinpflichtig war - so kurz und so eng. Der schwarze leicht glänzende Stoff schmiegte sich an ihre perfekten Rundungen und da das Kleid so megakurz war sahen Ihre Beine noch länger aus. Mein Blick glitt an ihr herunter und bleib an den Schuhen hängen. Hochhackige silberne Sandaletten mit denen ich wohl bereits dreimal umgeknickt wäre. Anscheinend hatte ich Sophia zu lange offen angestarrt, denn sie sah mich direkt und spöttisch an.

Franz dröhnte: "Sophia übt schonmal für Germany's next Topmodel" und lachte über seine eigene Bemerkung. Tobias verschwand nach einem leise gemurmelten "Hallo" in Richtung Buffet. Um die mir peinliche Situation zu entschärfen stand ich auf und ging ebenfalls zum Buffet.

Wie konnte es sein, dass diese Schnepfe mich aussehen ließ wie ein 14 jähriges schüchternes Mädchen? Ich war mir doch zuvor so gut vorgekommen mit meinem Look! Jetzt kam ich mir ihr gegenüber klein und unscheinbar vor. Und das obwohl ihre Aufmachung reichlich übertrieben war, das war mir schon bewusst. Aber sie trug ihr Aussehen mit solch einem

Selbstbewußtsein zur Schau, davon hätte ich auch ein paar Scheibchen vertragen.

Der Ärger verpuffte am Vorspeisenbuffet. Ich entdeckte eine Schüssel mit griechischem Salat und garnierte mir diesen noch mit Extra Feta. Daneben ein Couscoussalat mit Rosinen - Mann sah das lecker aus! Ich lud mir immer mehr Essen auf und freute mich bereits auf den Geschmack. Plötzlich stand Mama mit einem noch leeren Teller neben mir und raunte mir zu: "Das Kleid gab es wohl in ihrer Größe nicht mehr! Wenn du mit so einem Fetzen rumlaufen würdest....ich fass es nicht"!

Aha, Mama war es also auch sofort aufgefallen.

Zurück am Tisch saß nur Tobias dort und schaufelte eine Riesenportion Pommes und Zaziki in sich hinein. Er sah nur kurz auf als ich mich setzte. Kurz darauf schwebte - nein tänzelte - Sophia an unseren Tisch, knickte mit ihrem dünnen Absatz um und stieß sich das Knie am Tischbein. "So ne Scheiße!" entfuhr es ihr und ich konnte nicht anders....ich grinste kurz vor mich hin. Tobias grinste sie offensichtlich an und sagte: "Papa hat gleich gesagt, dass Du diese Schuhe vergessen kannst" und er grinste ganz kurz in meine Richtung. Sophia schnauzte ihn an dass er Zwerg gefälligst seine vorlaute Klappe halten solle. Super Stimmung! Papa kam gerade an den Tisch zurück und stellte seinen appetitlich aussehenden Teller hin als er meinte:

"Na Jungvolk - was is'n los?" Und dann meinte er lachend zu Sophia ob Sie das Buffet nicht gesehen hätte oder ob sie nicht mehr vertragen würde. Sie sah ihn böse an und ich auf ihren Teller: ausser drei Gurkenscheiben und einer Miniportion Garnelensalat befand sich nichts auf dem Teller. Ich riss die Augen auf und sah sie erstaunt an. "Ist was"? funkelte sie mich an. "Die haben hier so tolle Sachen am Buffet! Ich würde sterben mit so ner mickrigen Portion!" Sophia erklärte mir, dass sie eben auch weiterhin eine knackige Figur behalten wolle.

Nun kamen Mama und Franz zurück, quatschend und lachend, und schienen die eigenartige Stimmung gar nicht zu bermeken. Auch gut. Ich ließ es mir schmecken und holte mir dann zwei warme Gänge, denn ich konnte mich zwischen Moussaka und Souvlaki vom Grill nicht entscheiden. Und wollte mich auch nicht entscheiden. Ich liebte gutes Essen und war mit meiner schlanken Figur auch sehr zufrieden. Da ich gerne und viel Sport machte konnte ich schon große Portionen essen ohne zu viel an Gewicht zuzulegen.

Nachdem wir alle fertig waren fragte Franz ob wir uns die Show ansehen sollten. Mama sah Papa an und meinte sie bräuchte nach dem ausgiebigen Essen erstmal einen kleinen Spaziergang. Ich hatte auch Lust vom Hotel rauszukommen und in den Läden vorn an der Straße zu bummeln, das machten wir in jedem Urlaub so. Papa verabredete mit Franz dass wir uns nach unserem Bummel an der Hotelpoolbar auf einen Absacker treffen würden. Sophia murmelte irgendwas von langweilig und verschwand.

Ich war froh mal allein mit Mama und Papa zu sein. Wir verliessen die Hoteleinfahrt und machten uns in den Ortskern von Faliraki auf. Die Hauptstraße war gesäumt von Restaurants, Bars, Autovermietungen und Geschäften links und rechts die ganze Straße entlang. Unvermittelt sagte Papa: " Na hoffentlich taut Sophia noch etwas auf. Ich dachte nicht dass Franz' Tochter so eine kleine Zicke ist." "Das ist auch mein erster Eindruck" gab ihm Mama recht und ich grummelte meine Zustimmung. Papa erklärte dass er mit Franz ein total unkompliziertes Verhältnis in der Arbeit hatte und einfach davon ausgegangen sei dass auch seine Kinder unkompliziert seien. Oder aber die Trennung der Eltern könnte Sophia zugesetzt haben. Allerdings schien ja Tobias normal und umgänglich zu sein.

"Egal" meinte ich und wollte damit das Thema beenden," lasst uns mal nach Sonnenhüten schauen!"

Wir bummelten noch eine gute Stunde weiter bis Mama jammerte, ihr täten die Füße weh. Wir schlugen den Weg zum Strand ein, zogen die Schuhe aus und gingen am Strand zurück ins Hotel. Ich fand es richtig romantisch am Strand im warmen Wasser zurückzuschlendern. Der zunehmende Mond erhellte den Strand und von den Tavernen aus leuchteten Kerzen, Fackeln und bunte Lichterketten. Mama hakte Papa und mich unter und sagte: "So ein schöner erster Urlaubstag! Ich hab das Meer so vermisst! Ach wenn man sich diese Eindrücke doch noch besser bewahren könnte...in stressigen Zeiten."

Als wir ins Hotel zurückkamen sahen wir Franz und Tobias an einem Tisch der Poolbar ganz in der Nähe des Hauptpools. Tobias lief uns entgegen und zeigte zum Tisch. Ich konnte Sophia nirgendwo entdecken.

Tobias sagte sie sei auf dem Zimmer und sah fern und war am Handy. Konnte ich ja gar nicht nachvollziehen! Im Urlaub fernsehen und drinnen sein...das konnte man doch im Herbst und Winter noch genug. Irgendwie war ich ganz froh dass sie nicht da war! Ich ging mit ihm zur Bar und er half mir die Getränke und die Erdnüsse, die es vom Hotel gab, zum Tisch zu tragen. Ich genoß ein kühles Wasser zu den salzigen Erdnüssen und hing etwas meinen Gedanken nach da die Erwachsenen sofort in eine angeregte Unterhaltung verfallen waren. Gegen halb elf drängte Mama zum Aufbruch und meinte zwinkernd zu Tobias und Franz wir wollten ja auch schließlich morgen was vom Tag haben und nicht den halben Urlaub verschlafen. Wir einigten uns, dass wir uns nach dem Frühstück an den Liegen treffen würden, in der Ecke des Gartens wo wir schon heute gewesen waren.

Während Mama und Papa im Bad waren

tippte ich noch eine whatsapp an Laura und eine an Mark. Beide antworteten gleich, vor allem Marks liebe Mail mit einem Smiley mit Herzen in den Augen freute mich total.

2

Am nächsten Tag wurde ich um halb
acht wach und weckte dann Mama und
Papa auf. Papa streckte sich und
sagte:

"Das ist schon ne andere Zeit
als um sechs aus den Federn zu
müssen". Allerdings! Zuhause musste
jeder von uns früh raus, mein
Schulbus ging um 6.45 Uhr, Papa fuhr
um sieben zur Arbeit und Mama verließ
um kurz nach sieben das Haus. Zu
lange verschlafen wollten wir im
Urlaub aber auch nicht und man konnte
sich ja auch zwischendurch immer
wieder mal auf der Liege etwas
ausruhen.

Nachdem wir uns angezogen hatten
schlenderten wir ins Restaurant. Wir
ergatterten einen freien Tisch auf
der Terrasse mit Blick über den Pool
zum Strand. Ich ging mit Papa gleich
los und wir holten Säfte für uns
drei. Mama blieb am Tisch wo Kaffee
und Schokolade serviert wurden. Auch
am Frühstücksbuffet gab es leckere
Sachen und an der Cooking Station
wurden frische Omelettes, Pancakes
und Waffeln gemacht. Ich packte mir
den Teller voll und mußte kurz an

Sophia denken...was sie wohl
frühstücken würde? Eine Miniportion
Müsli vielleicht? Aber warum dachte
ich überhaupt an sie. Wäre Laura an
ihrer Stelle mitgekommen, wäre der
Urlaub bombig geworden!

Nach dem Frühstück gingen wir zu
den Liegen, wo Tobias uns bereits
zwei Schirme mit fünf Liegen in der
ersten Reihe des Gartens direkt am
Sandstrand reserviert hatte. Mama
strubbelte ihm übers Haar und
bedankte sich. Er errötete, freute
sich aber über das Lob. Von Sophia
keine Spur.

Als sie anschwebte - nach
ungefähr einer halben Stunde - war
mir klar dass sie sich geschminkt
hatte. Und wie! Voll zurechtgemacht
zum Strand! Verstand ich nicht. Ich
freute mich auf schwimmen, tauchen,
auf der Liege lümmeln - da brauchte
man sich doch nicht zu schminken,
oder?

Mama fragte sie freundlich ob
sie gut geschlafen hätte und das
Frühstück genossen habe worauf Sophia
mit abschätzendem Blick antwortete
sie brauche kein Frühstück, ihr
reiche mittags ein Salat und abends
eine Kleinigkeit. Mama sagte
kopfschüttelnd: "Da entgeht dir aber

wirklich einiges! Und in eurem Alter!
Mädels ihr habt eine super Figur.
Also, Carina, du könntest ja gar
nicht ohne Frühstück, oder?!" Sie
spielte darauf an, dass ich generell
einen guten Appetit hatte, mir das
Frühstück als Start in den Tag echt
viel bedeutete. Sophia meinte
schnippisch sie wolle ihre gute Figur
auch noch länger behalten und
schielte dabei in Mamas Richtung.
Mama sah mit ihren 45 Jahren wirklich
gut aus, aber eben nicht mehr
superschlank. Ich bemerkte Mamas
Blick auf Sophias spitze Bemerkung
hin. Sie wechselte das Thema und bat
mich ihr den Rücken einzucremen.

"Aquagym.....in 10 Minuten
Aquagymnastik am Pool" rief der
dunkelhaarige Animateur über die
Liegewiese. Ich sah ihm zu wie er
seine Runden drehte und freundlich
versuchte Leute zu begeistern. Da ich
mit Papa ausgemacht hatte bald ein
paar Züge im Meer zu schwimmen
reagierte ich nicht weiter und nahm
meine Zeitschrift zur Hand.

"Carina, komm, lass uns doch
mitmachen! Da spielen sie wenigstens
mal coole Musik!" Das kam von Sophia,
was mich komplett überraschte! Es war
das erste mal dass sie mich direkt

beim Namen ansprach. Etwas zögernd sah ich sie an, Papa meinte wir könnten auch später noch schwimmen gehen und so gab ich mir einen Ruck und stimmte zu.

Wir machten uns auf den Weg zum Pool und ich kam mir neben Sohia mal wieder irgendwie unscheinbar vor. Gegen ihren knappen Triangelbikini in knallrot kam ich mir mit meinem sportlichen Bikini irgendwie komisch vor. Ich ärgerte mich, dass ich neben ihr immer wieder ins grübeln kam. Warum nur schafftes sie es, dass ich mich doch immer mit ihr vergleichen und unbewusst messen wollte? Wir waren ja auch vom Typ her unterschiedlich, ich mit dunklen Haaren und etwas größer als sie und mit einer sportlich-schlanken Figur. Und sie erschien mit ihren langen blonden Haaren und ihrer zierlichen und superschlanken Figur wie ein elfenähnliches Wesen. Aber eine zickige Elfe.

Am Pool angekommen waren schon einige Gäste im Wasser. Sophia ging schnurstracks zum Beckenrand und ließ sich elegant ins Wasser gleiten, ich hinterher. Sie quetschte sich ganz vorn in die "Pool Position" und schien die missbilligenden Blicke einer älteren Dame gar nicht zu bemerken.

Als Christos, so hieß der Animateur, sich vor uns hinstellte und alle begrüßte lächelte Sophia ein solch zuckersüßes Lächeln dass ich nur noch verwundert war. Sie bewegte sich direkt vor seiner Nase und versuchte immer wieder die Aufmerksamkeit auf sich zu ziehen. Mir erschien allerdings, dass Christos sie nicht besonders registrierte, er zog ein super sportliches Programm durch was zugegebenermaßen auch Spaß machte. Er feuerte sogar ein paar Senioren hinter uns an, durchzuhalten.

Nach dem Programm stellte sich Sophia direkt neben Christos, schmachtete ihn an und fragte ihn was heute noch so alles auf dem Programm sei. Christos verwies sie freundlich auf den Plan in der Lobby und dass als nächstes Volleyball am Strand dran sei. Dann drehte er sich lächelnd um und räumte die Musikbox mit einem weiteren Animateur auf. Sophia schmiß den Kopf zurück, anscheinend hätte sie eine tiefergehende Behandlung gewünscht. Ich fands peinlich. Ihre Freundlichkeit mir gegenüber reduzierte sich auch wieder und sie meinte ich könne ja jetzt mit meinem Papa schwimmen gehen. Das Wort PAPA sprach sie so gedehnt aus...dass es irgendwie klang, das kleine Mädchen mit seinem Papa.....

Mir egal. Oder hätte es zumindest sein sollen. Es wurmte mich aber, dass sie mich als kindisch hinstellte! Als ich zu den Liegen zurückkam lächelte Papa mir schon entgegen. "Und Carina, noch fit? Geht noch ein paar Züge schwimmen im Meer?" Ich nickte. Mama wollte in Ruhe noch etwas in ihrem Thriller schmökern und so zogen wir ab zum Strand. Das Wasser war angenehm warm aber doch erfrischender als im Pool. Ich fand es schön auch mal mit Papa was zu machen. Sophia konnte es ja ruhig kindsich finden. Als hätte Papa es mir an der Nasespitze angesehen sagt er: "Naja mit Sophia scheinst du nicht allzu gut klarzukommen, oder? Hätte ich geahnt dass die so zickig ist hätte ich mir das mit Treffen im Urlaub echt nochmal überlegt. Mama hat auch schon gejammert. Aber beachten wir sie einfach nicht übermäßig und lassen wir uns den Urlaub nicht verderben, ok?" Wir schwammen noch bis zur Boje raus, das Wasser war ruhig und so schön klar dass man immer noch bis auf den sandigen Grund sehen konnte. Plötzlich tauchte Tobias prustend neben uns auf: "Ich hoffe ich störe euch nicht, aber Papa ist total langweilig und döst nur auf der Liege. Und Sophia...schon wieder am Handy." Wir machten aus um die Wette zurückzuschwimmen und ich legte mich mächtig ins Zeug. Papa und ich kamen beinahme gleichzeitig im flachen Wasser an, ganz dicht gefolgt von Tobias. Lachend und prustend machten wir uns auf den Weg zur Dusche und zum Platz. Als Sophia uns drei kommen sah murmelte sie nur irgendetwas was wie "Kindergarten" klang.

Mama meinte ob ich nach dem Umziehen Lust hätte mit ihr einen kleinen Strandspaziergang zu machen und Franz lachte dröhnend dazu und meinte das sollen wir nur machen, er wolle mit Papa einen verspäteten Frühschoppen nehmen.

Ich nahm Wechselbikini und Handtuch und ging zur Umkleidekabine. Nach dem abtrocknen zog ich meinen neuen Bikini an, lila mit neongelben Nähten und nach einem Blick in den Spiegel war ich doch sehr zufrieden mit mir.

Mama cremte mir noch die Schultern

und den Rücken mit Sonnencreme ein und dann wanderten wir los ans Wasser. Sie drückte meine Hand und sagte: "Meine Süße, ich bin so froh dass du bist wie du bist! Du brauchst dir keine Gedanken wegen dieser zickigen Sophia zu machen! Ich hab mit Papa schon darüber gesprochen was er uns eingebrockt hat. Gut dass sie nur die eine Woche bleiben!" War ich so leicht durchschaubar? Oder empfanden meine Eltern Sophia auch als oberzickig? Es schien so. "Was hältst Du davon wenn wir uns zusammen ein Motorboot mieten und in einer der hübschen Buchten schnorcheln gehen?" fragte Mama. "Klar, gute Idee" sagte ich und meinte es auch so. Wir quatschen noch gemütlich und waren insgesamt gut eine dreiviertel Stunde unterwegs.

Nun war es bereits nach 13 Uhr und wir fragten Papa was wir uns zu essen holen sollten. Wir beschlossen heute nicht extra Mittagessen zu gehen sondern uns eine Kleinigkeit an der Poolbar zu holen. Dort gab es Pizzaecken und Pitataschen die mit Souvlaki oder Kebap gefüllt wurden. Tobias und ich boten an für uns alle etwas zu holen. Sophia quetschte ein "nee Danke" raus und schloß wieder die Augen. Sie lag auf Ihrer Liege mit Kopfhörern im Ohr.

Als wir am Pool vorbeikamen
fragte uns Christos ob wir um 15 Uhr
Lust auf Wasserball hätten. Tobias
war sofort begeistert und ich meinte
ich würde es mir überlegen. Wir
holten zwei Stücke Pizza und fünf
Portionen Pita. Voll bepackt mit dem
Essen schafften wir direkt noch sechs
Getränke an der Poolbar an. Sechs
weil ich dachte dass Sophia doch
zumindest was trinken müsste wenn sie
schon nichts essen wollte. Tobias
schaffte für sie eine Cola mit an und
voll bepackt gingen wir zurück zu den
Liegen.

Sophia bedankte sich sogar kurz
für ihr Getränk - na immerhin. Tobias
stupste sie an und fragte: " Hey
Schwesterherz, wie wäre es mit mit
Wasserball um drei?" "Willst Du mich
verarschen Kleiner" war die nicht so
nette Antwort. Ich sprang Tobias bei
"Komm Sophia, es ist doch öde den
ganzen Tag nur rumzuliegen!
Vielleicht wirds ja ganz witzig! Und
Christos kennst du ja schon" Nicht
mal das zog, sie meinte sie hätte
nichts übrig für solches Geplantsche.
Da war es wieder! Dieses Gefühl dass
uns nicht ein Jahr sondern Welten
trennten.

33

Ich würde also mit ihrem kleinen Bruder zum "plantschen" gehen und Madame würde weiter ihren Schönheitsschlaf halten. Franz lachte laut, "also Sophia, ein Model muss auch ne sportliche, definierte Figur haben - mach doch mit". Sophia verdrehte die Augen und sagte schnippisch sie würde vor dem Duschen einfach noch ins Fitnesstudio gehen. Oh Mann, das Studio befand sich im Keller ohne Tageslicht und war voll kühl klimatisiert. Keine 10 Pferde hätten mich dorthin gebracht und schon gar nicht im Urlaub.

"Sophia, und was hältst Du davon wenn wir uns alle zusammen ein Motorboot ausleihen und in einer schönen Bucht schnorcheln können?" das kam nun von Mama. Sophia meinte aufs Boot käme sie wohl ·schon mit, das sei cool, aber ins Salzwasser ohne Dusche??

Franz und Papa warfen sich Blicke zu und meinten sie wollten anschließend gleich mal zum Strand runter und fragen wie das mit dem leihen des Boots ablaufen würde, Tobias wollte unbedingt mitkommen - anscheinend Männersache. Er sagte zu mir er wäre um drei dann pünktlich vorn am Pool zum Wasserball, ich mußte grinsen, weil es ihm wohl wichtig war dass ich dort mit hin kam.

Die Männer hatten also für den nächsten Tag für zwei Stunden ein Boot gemietet, gleich nach Mittag um 13 Uhr sollte es losgehen.

Tobias und ich machten also beim Wasserball mit, es waren hauptsächlich ältere Jungs und Männer dabei und nur noch ein Mädchen in meinem Alter. Das Spiel machte wirklich Spaß und danach hatte ich auch erstmal Lust aufs Faulsein auf der Liege.

Der Nachmittag ging unspektakulär (naja wir waren ja auch in Urlaub) zur Neige und gegen sechs verabredeten wir uns zum Abendessen um halb acht an unserem Tisch.

Irgendwie gab ich mir an diesem Abend mehr Mühe als sonst mit meinen Haaren und meinem Makeup und ich wählte ein kurzes romantisches Sommerkleid mit asymmetrischem Ausschnitt. Nicht schlecht! Nur welche Schuhe dazu? Es wurden mangels Auswahl wieder die Keilsandalen und ich nahm mir vor abends in den Geschäften mal nach feineren Sandalen Ausschau zu halten.

Mama zog ihren neuen Jeansminirock an und eine luftige Tunika dazu und Papa pfiff anerkennend durch die Zähne und sagte "So kann ich mich ja schon gerne mit meinen Mädels sehen lassen".

Bis Mama und Papa fertig waren surfte ich noch etwas im Internet herum und beschloß morgen endlich mal gute Fotos zu schießen um sie Laura und Mark schicken zu können.

Diesmal waren Tobias und Franz schon am Platz als wir im Restaurant ankamen. Sophia war wohl mit ihrem Styling noch nicht fertig.....Ich nahm mir selbst fest vor sie heute nicht anzustarren - egal was sie anhaben würde. Es fiel mir dann schwer als sie ankam: zu Hotpants die mit Perlen und Spitze verziert waren und MEGAkurz waren trug sie eine hübsche bauchfreie Bluse. Ich hatte sowas nur fürs unter Dirndl daheim. Dazu trug sie hohe Keilsandalen die über Kreuz geschnürt beinahe bis zu den Knien reichten. Ich bemerkte dass auch andere Gäste an den Nachbartischen sie von oben bis unten beäugten. Ich sah Mama und Papa an und sagte betont munter "Kommt! Auf ans Buffet". Ich wartete nicht ab ob sie mitkamen sondern ging los. Wieder gab es tolle Sachen und wieder richtete ich mir einen Vorspeisenteller appetitlich zusammen. Plötzlich stand Sophia hinter mir und meinte "Na lass mal schauen was Du da Gutes aufgeladen hast. Wieder Greek Salad, gibt es das wohl jeden Tag?" Ich wollte mir weder die Laune noch den Appetit verderben lassen und sagte zuckersüss "Du magst ja eh kaum was essen, also mecker nicht an der Auswahl rum!" Sie sah mich verdutzt an, wahrscheinlich weil ich nun auch mal "ausgeteilt" hatte. Das freute mich insgeheim und ich dachte mir ein innerliches "YEAH".

Wieder am Tisch unterhielten wir uns über den morgigen Ausflug. Sophia setzte sich und ich konnte nicht anders als ihr auf den Teller zu schauen. Ähnlich wie gestern hatte sie einigen rohen Salat aufgeladen, diesmal Tomaten und Gurken und dazu hatte sie ein klitzekleines Stück Fischfilet. Mama schüttelte unmerklich den Kopf und Franz sagte nur genervt dass sie uns allen hier nichts beweisen müsse. Schlauerweise wechselte er das Thema und bald unterhielten wir uns wieder in guter Stimmung.

Franz bestand heute darauf die

Abendveranstaltung im Hotel anzusehen und Papa wollte ihm wohl nicht schon wieder eine Absage erteilen. Mama schaute granting drein - ich wusste sie mochte solche Aufführungen gar nicht, sondern lieber einen Abendspaziergang verbunden mit bummeln machen, was ja Papa normalerweise selber gerne mochte.

Auch hier tauchte jetzt das Konfliktpotential auf, das aus den unterschiedlichen Wünschen der Urlauber entstand. Ich war hin und hergerissen, aber beides konnte man nicht haben. Die Show würde von neun bis ca halb elf dauern, danach würden vorne an der Hauptstrasse die Läden schliessen. Tobias freute sich, er fand bummeln doof und erhoffte sich eine interessante Show. Sophia sagte ihr sei das "Jacke wie Hose" denn sie hätte weder Bock auf doofe Touri-Shows und was sollte sie draussen bummeln da es dort eh nur Ramsch gäbe. Da sie ja eh kein Dessert ass, ging sie relativ früh weg vom Tisch.

"Carina, was machen wir nun?" fragte Mama "wollen wir nach Sandalen für dich schauen oder möchtest du auch zur Show?" "Was ist denn heute für ein Thema?" erwiderte ich. "Ich hab was von Karaoke gelesen, das wird bestimmt lustig" sagte Tobias erwartungsvoll. Irgendwie sahen jetzt alle mich an, na super. Einerseits wäre Mama enttäuscht, andererseits Papa, ich fühlte mich in der Zwickmühle. Karaoke schien mir nicht das schlechteste zu sein, besser als irgendwelche ollen Schlager mit Tanz oder so komische Spiele wie Bingo. Und wir hatten ja immerhin 14 Abende also stimmte ich auch für die Show.

Mama gab sich geschlagen und meinte "Na gut, überstimmt. Aber dann möcht ich dich auch singen hören, Franz". "Liebe Katrin, warts ab! Wenn was rockiges kommt spring ich auf die Bühne" Als von Tobias ein "Papa das wäre oberpeinlich" kam mussten wir alle herzlich lachen. Wir spazierten noch etwas um den Pool und gingen kurz zum Shop im Hotel und machten uns dann langsam Richtung Nachbarhotel auf wo die Veranstaltungen in einer Art Amphitheater stattfanden. Sah gar nicht so übel aus. Die Bühne war dekoriert mit einer aufgeblasenen E-Gitarre und einer Lichterorgel. Ein Standmikrofon und ein Flachbildfernseher für die Texteinbledung war ebenfalls vorhanden. Falls Mama enttäuscht war ließ sie sich nichts anmerken. Tobias wollte unbedingt einen alkoholfreien Cocktail, Mama bestellte sich einen

Pina Colada und Papa und Franz, na was wohl, ein Bierchen. Ich überlegte kurz und entschied mich ebenfalls - nach Nachfrage bei meinen Eltern - für einen Pina Colada. Mama sgate mahnend "light" zum Kellner und deutete auf mich. Ich errötete und warf ihr einen leicht entrüsteten Blick zu. Recht viele Gäste kamen allerings nicht, wenn man bedachte dass in den 2 Hotels wohl gut und gern an die 1000 Gäste ihren Urlaub verbrachten. Der DJ entpuppte sich als Christos der nette Animateur. Die ersten paar Songs waren tatsächlich mit Ed Sheeran und Justin Timberlake auch Tobias und mir bekannt. Danach ging es aber eher in die Klassiker-Ecke und es folgten Songs von Madonna und Queen. Franz sprang plötzlich auf dass sein Stuhl krachend umfiel und quetschte sich tatsächlich Richtung Bühne durch - oh nein! Er schmetterte

"We are the champions" mit einer Hingabe dass Mama laut lachte und zu Papa sagte "er kümmert sich wohl wirklich nicht wie das jetzt rüberkommt". Tobias wusste nicht ob er lachen und klatschen oder eher unter den Tisch kriechen sollte. Gut, dass Papa nicht auf die gleiche Idee kam. Als Franz zurückkam leerte er sein Glas mit einem Zug und klopfte Mama auf den Rücken dass sie beinahe mit dem Stuhl umkippte. Franz dröhnte in die Runde ob er nicht cool abgerockt hätte und wir lachten herzlich. Als Tobias meinte da hätte Sophia ja was verpasst sagte Franz, er werde sich die Dame noch zur Brust nehmen, was der eigentlich einfiel nicht nachzukommen und sich aber auch nicht abzumelden. Mama meinte dazu dass sie das überhaupt nicht gut fand und lobte mich dass das bei uns alles super laufe. Schön, aber so vor Franz und Tobias war mir das jetzt schon etwas peinlich. Jaja, ich das folgsame nette Mädel von nebenan. Und Sophia das oberselbstbewußte Model von Welt. Ich konnte mir gerade bestens ihr Gesicht vorstellen wie "Baby" sie es fand dass ich zusammen mit Eltern und einem zwölfjährigen zusammensaß. Nunja, ich mußte gestehen dass ich die Show und unser Zusammensitzen gar nicht so übel gefunden hatte. Gegen halb elf machten wir uns auf den Rückweg zu den Zimmern. Wir wünschten uns ein "Kalinichta" und bogen vor Tobias und Franz auf unser Zimmer ab. Wir beschlossen dass ich zuerst ins Bad durfte weil ich danach unbedingt noch in Ruhe ans Handy wollte. Als Mama und Papa auch fertig waren und gerade die Bettdecke zurückschlugen klopfte es an der Tür.

Wir schauten uns fragend an und Papa ging zur Tür. Es war Franz der fragte ob Sophia bei uns sei oder sich bei mir zumindest auf dem Handy gemeldet hatte. Erstaunt verneinten wir und Franz sagte besorgt aber brummig "die kann was erleben wenn sie zurückkommt". Er ging zurück und Mama sagte alarmiert dass doch hoffentlich nichts passiert sei und dass ein solches Verhalten einfach absolut nicht durchgehen könne.

"Hannes, wenn Carina so drauf wäre, das wäre eine Katastrophe. Es hat auch was mit Vertrauen und Rücksicht zu tun, abmelden ist nicht kindisch sondern normal. Eben dass man sich keine Sorgen macht!" Papa stimmte ihr zu. Plötzlich brummte Papas Handy und er schaute sofort drauf. "Ah, sie ist zurück, Gottseidank! Was die da abgezogen hat geht ja gar nicht, ich werd den Franz morgen schon noch fragen was da los war. Und jetzt Ruhe Mädels und schlaft gut, ich muß morgen fit sein wenn wir unseren Bootsausflug machen".

3

Um kurz vor 13 Uhr standen wir alle bereit und etwas aufgeregt vor dem Motorbootverleih. Papa und Franz ließen sich einweisen und bevor es losgehen konnte wurden uns noch die Schwimmwesten gezeigt. Ich hatte meinen schönen lila Bikini angezogen und zum Sonnenschutz ein T-Shirt darüber, meine langen Haare hatte ich zum Zopf geflochten und mit einem schicken Haarband zusätzlich gebändigt. Mama hatte es ebenso gemacht. Sophia hatte wieder den knappen Leo-Bikini an aber immerhin eine Tunika darüber die allerdings sehr fadenscheinig war. Sie hatte ebenfalls ihre langen blonden Haare geflochten, allerdings ein paar Klassen professioneller als Mama und ich. Und im coolen Wetlook.

Wir stiegen alle sechs in das schaukelnde Boot und schon konnte es losgehen. Das Motorboot ging ganz schön ab. Wir fuhren erst etwas parallel zum Strand und machten uns danach zur Anthony Quinn Bucht auf. Wir waren nicht die einzigen die dort ankerten, auch ein topmoderner Katamaran hatte angelegt. Papa und Franz setzten den Anker und dann konnte unser Bad im wunderschön klaren Meer losgehen. Man konnte bis zum Grund sehen und die Sonne strahlte golden ins Wasser und zauberte Farben zwischen klar, türkis und weiter vorne tiefes dunkelblau. Tobias wollte endlich seine neue Tauchermaske ausprobieren und war nicht mehr zu halten. Ich machte mit dem Handy einige Fotos in die schöne Bucht hinein und noch ein paar Selfies, dann noch ein paar von Mama und Papa. Sophia machte es sich auf der Liegefläche bequem und wollte tatsächlich nicht ins Wasser. Ich schon. Ich sprang direkt vom Boot aus hinein, es war herrlich erfrischend. Papa lieh mir seine Taucherbrille und es war wirklich schön verschiedene Fische und das einstrahlende Sonnenlicht zu beobachten. Wir verbrachten bestimmt gut vierzig Minuten im Wasser und kletterten dann über die enge Leiter wieder ins Boot.

Nach dem abtrocknen fuhren wir noch etwas weiter in die andere Richtung und besahen uns noch die Thermen von Kallithea vom Wasser aus. Sophia hatte die ganze Zeit über Kopfhörer im Ohr gehabt und sich kaum an irgendeinem Gespräch beteiligt. Als wir nach zwei Stunden wieder am Hotelstrand anlegten bemerkte ich in mich hineinlächelnd dass Sophias Frisur trotz aller Mühe und trotz des Nichtschwimmens arg zerzaust war. Nachdem wir uns geduscht und umgezogen hatten wanderten wir zur Taverne "Dionysos" und nahmen ein kleines Mittagessen ein. Yannis hatte uns aufmerksam bedient und sich soweit es das Geschäft zuließ mit Mama und Papa unterhalten. Er hatte einige Jahre in der Nähe von Ingolstadt im Restaurant seines Onkels gearbeitet und konnte super deutsch.

Wir wählten alle etwas Leckeres aus der Karte, wobei die Männer ziemlich fleischlastig und mit Beilagen wie Pommes bestellten. Mama und ich nahmen jede einen griechischen Bauernsalat und dazu geröstetes Olivenbrot. Sophia bestellte sich eine extrakleine Portion Tomatensalat den sie selbst sparsam mit Olivenöl und Essig anmachte und natürlich gab es bei ihr keine Kohlenhydrate dazu. Ich wäre verhungert.

Auf dem Rückweg am Strand nahm mich Sophia am Arm zur Seite und bedeutete mir etwas langsamer zu gehen. Überrascht sah ich sie an.

"Was hältst du mal von etwas

Abwechslung, Carina? Heute abend steigt eine Beachparty in der Nähe des Nachbarhotels."

"Echt? Beachparty, hmm, da hab ich gar nichts auf der Animationstafel gelesen", antwortete ich.

"Oh Mann, Dummi, doch nicht so ne olle Touriparty für Ü30. Ne richtige Party! Mit Drinks und cooler Musik und coolen Jungs! Aber wahrscheinlich läufst du ja wieder mit Mama & Papa mit, wie öde!"

Als ich mich "Klar, hört sich echt super an" sagen hörte wußte ich selbst nicht was mich für ein Teufel geritten hatte. Ohne irgendwie nachzudenken hatte ich nicht wieder als kleines, braves Mädel gelten wollen und schon war es ausgesprochen. Sie grinste mich von der Seite an und erklärte mir dass wir es abends so legen müssten dass wir alle an der Hotelbar waren und dass wir uns dann mit einer Ausrede aufs Zimmer verabschieden würden und von dort heimlich aufbrechen würden. Auweia. Bei Sophia konnte ich mir das noch vorstellen, sie hatte ein eigenes kleines Zimmer aber ich war ja mit Mama und Papa im Doppelzimmer nur mit einem Zustellbett. Wie sollte ich das anstellen? Als ich dies zweifelnd erwähnte höhnte Sophia, "mir war ja fast klar dass du kneifen würdest!"

"Wer sagt was von kneifen? Ich überlege nur wie ich es am besten anstelle dass es aussieht als würde ich im Bett liegen..."

"Na das gefällt mir schon besser, Carina".

Inzwischen waren wir an unseren Liegen angekommen und ich legte mich hin und nahm mir meine Zeitschrift. Ich las jedoch nicht darin sondern meine Gedanken purzelten durcheinander. Insgeheim wusste ich dass es falsch war meine Eltern zu hintergehen und auszutricksen. Nun, im besten Fall würden sie nichts bemerken. Eine echte Beachparty am schönen beleuchteten nächtlichen Strand, das könnte doch cool werden! Und dann könnte ich es Laura und Mark berichten. Dann durchfuhr mich zeitgleich das schlechte Gewissen wegen der bevorstehenden Heimlichtuerei. Und ein bisschen ärgerte ich mich über mich selbst weil ich so ängstlich war. Ängstlich? Oder ehrlich? Ich wussste es selbst nicht und kannte mich selbst nicht mehr.

Beim Abendessen hatte ich zwar Hunger aber vor lauter Aufregung war mir der Magen wie zugeschnürt und ich brachte nur wenig runter. Papa ratschte ausführlich mit Franz, und deshalb fiel es ihm nicht auf. Mama klinkte sich immer wieder bei ihnen ins Gespräch ein und sogar wir Kinder unterhielten uns etwas über den Ausflug vom Nachmittag.

Nach dem Essen gingen wir komplett zu sechst an der Hauptstrasse bummeln und waren gegen zehn zurück an der Hotelbar.

Sophia sah mich auffordernd an und sagte ihr sei irgendiwe nicht wohl und sie würde aufs Zimmer gehen. Ich zögerte eine winzig kleine Sekunde und dann sagte ich "Ich schließe mich heute Sophia an, ich möchte auch schon vorgehen, ich hab schon seit vorher Kopfweh".

Der erste Schritt war getan. Und anscheinend hatte ich überzeugend geklungen, denn niemand schöpfte Verdacht. Ich nahm Mamas Zweitkarte fürs Zimmer und weg waren wir. Bis hierher war es mehr als einfach gewesen.

"Du musst dein Bett gut drapieren, am besten mit der Wolldecke aus dem Schrank, dass es aussieht als würdest du drinliegen!"

"Machst du sowas öfter oder was?" erwiderte ich. Ich war wirklich noch nie heimlich von daheim ausgerissen. Sophia grinste mich überlegen an und zuckte nur kurz mit den Schultern.

Wir vereinbarten uns in einer halben Stunde in der Toilette im Keller zu treffen. Wir würden jede einzeln und mit dem Lift auf der anderen Seite des Korridors runterfahren.

Im Zimmer holte ich mir meinen neuen Jeansrock und dazu nahm ich die Bluse zum knoten. Schuhe waren ja am Strand nicht so wichtig. Als ich im Bad meine Schminke auffrischte und etwas mehr Lidschatten und Kajal auftrug war ich total aufgeregt. Ich versuchte nicht genauer nachzudenken. Dann nahm ich die Wolldecke und rollte sie längs zusammen und ordnete sie so unter der Decke an dass es aussah als läge jemand darunter. Wenn sie das Licht anmachen würden würde alles auffliegen. Aber sie würden wohl leise sein weil sie ja froh wären wenn ich schlafen könnte um das Kopfweh auszukurieren.

Ich schlüpfte aus dem Zimmer und huschte Richtung Lift. Puh ich war niemand begegnet. Im Keller angekommen ging ich direkt zur Toilette wo Sophia schon wartete und im Spiegel nochmal ihr Styling checkte. Sie hatte wieder das turboenge schwarze Minikleid an und war stark geschminkt. Normalerweise mochte ich Smokey Eyes aber ihr Makeup war wirklich too much! Sie hob den Daumen und wir gingen Richtung Fitnessraum und von da über den Ausgang beim hinteren Pool ins Freie.

Wir schafften es ungesehen bis zum Garten und mein Herzschlag ging schneller als wir dort unterm Schirm ein Pärchen sitzen sahen aber sie beachteten uns gar nicht. Mittlerweile war es fast 23 Uhr. Wir zogen die Schuhe aus und gingen über die Holzplanken entlang Richtung Nachbarhotel. Sophia zog Zigaretten aus ihrer kleinen glitzernden Handtasche und bot mir welche an. Ich lehnte ab. Erstens mochte ich nicht rauchen und zweitens würde Mama das sofort riechen! Wir waren schon ein paar Minuten unterwegs und bereits am Nachbarhotel vorbei als man den dumpfen Bass von lauter Musik hörte und Fackeln und schemenhafte Gestalten sah. Meine Gefühle waren mehr als gemischt.

50

Dort angekommen mischten wir uns unter die Leute. Ich hörte allerdings nur englisch und griechisch und irgendwelche osteuropäischen Dialekte. Als ich Sophia darauf aufmerksam machte verdrehte sie die Augen und sagte dass hier eben keine Normalo Touris seien sondern dass hier Angestellte der Hotels und Einheimische Party machen würden. Ein blonder Kerl drückte jeder von uns ein Bier in die Hand und ich verstsand irgendwas von "girls invited". Die Musik war laut und mir nicht bekannt. Mit den richtigen Leuten hätte mir die Location direkt am Strand gefallen. Eine schlichte Bar war aus Bierkästen errichtet worden, die Leute sassen auf Decken und es waren viele Fackeln aufgestellt. So aber fühlte ich mich doch fehl am Platz. Plötzlich schlug uns jemand freundlich auf die Schulter, es war Christos, der Animateur.

"Wo hast du denn deinen süßen Cousin gelassen?" gurrte Sophia.

"Gerade arbeitet er hinter der Bar aber ich löse ihn in zehn Minuten ab".

Ich erfuhr dass sie gestern Abend den Cousin kennengelernt hatte,

als dieser Christos nach seiner
Schicht vom Hotel abgeholt hatte.

Niemand anderes beachtete uns,
alle schienen sich zu kennen und
quatschten und lachten und schmusten
teils ungeniert herum. Ich nippte an
dem kühlen Bier. Sophia hatte ihres
schon geleert und tänzelte Richtung
Bar um sich ein neues zu holen. Sie
fragte nicht ob ich mitkommen wolle
und kümmerte sich auch sonst nicht
was ich machte.

Ich stand allein herum und
fühlte mich unsicher und nicht
dazugehörig. Es wurde auch nicht
besser als ich bemerkte dass Sophia
mit einem jungen Mann an der Bar
flirtete und nicht zu mir zurückkam.
Von der Seite kamen zwei grölende
Jungen auf mich zu und quatschten
mich an. Ich verstand sie nicht und
wollte auch gar nicht mit ihnen
sprechen. Sie lachten über
irgendetwas schallend und einer von
ihnen berührte mich am Arm und tat
dann so als wie vom Stromschlag
getroffen. Und wieder brüllten sie
vor lachen. Ich sah wieder zur Bar
hin und sah gerade noch dass Sophia
mit dem Cousin von Christos Arm in
Arm im Dunkeln verschwand. Ich konnte
es nicht fassen. Was sollte ich tun?

Ich konnte wohl nicht hinterher-
rennen. Ausser Christos kannte ich
hier keine Menschenseele. Mir wurde
heiß und kalt zugleich und meine
Gedanken überschlugen sich. Wieso
hatte ich die Coole spielen wollen
und hatte nicht von Anfang an NEIN zu
dieser Schnapsidee gesagt? Mir graute
bei dem Gedanken alleine hier
rumzustehen aber noch mehr davor
alleine im Dunkeln zurückzugehen. Das
Meer wirkte auf einmal dunkel und
bedrohlich.

Diese Party hatte rein gar
nichts mit meiner Vorstellung davon
zu tun! Ich hatte mir erhofft
vielleicht mit Sophia zusammen ein
paar nette Leute kennezulernen oder
zumindest quatschen zu können.
Meinetwegen auch auf Englisch. Aber
hier verstand ich niemanden und ich
war alleine viel zu schüchtern um auf
jemamd zuzugehen und loszuquatschen.
Plötzlich stand Yannis neben mir und
sah mich ernst an.

"Carina, was machst du hier?
Wissen deine Eltern dass du hier
bist?"

Ich blickte betreten zur Seite und
Yannis verstand sofort.

"Ich habe gesehen wie deine

Freundin mit Georgios mitgegangen ist. Ich hoffe sie weiß was sie tut. Er ist ein Macho und Herzensbrecher".

Mir wurde ganz anders.

"Ich bringe dich bis zum Hotel. Und wenn Katrin und Hannes nichts bemerken werde ich ihnen auch nichts sagen."

"Danke Yannis. Es war eine saublöde Idee von Sophia hierherzukommen. Ich hätte es ihr ausreden sollen aber ich wollte einfach nicht wieder wie ein kleines Kind und Spielverderber dastehen."

Schweigend gingen wir bis zum Hotel zurück, vorbei an grölenden Gruppen und schmusenden Paaren. Ich war froh um seine Begleitung und um seine ruhige Art. Am Hotel angekommen drückte Yannis kurz meine Hand und drehte sich um um den Rückweg anzutreten.

"Carina, du hast wunderbare Eltern, die dich lieben und dir vertrauen, denk daran und mach das hier wieder gut!"

Ich konnte nur nicken und schlich mich nun zum Zimmer. Ich kam mir vor wie auf dem Weg zum Henker. Ein tonnenschwerer Stein lag mir im

Magen. Hoffentlich hatten sie mein Fehlen nicht bemerkt.

Ich öffnete die Tür so leise wie möglich, schlüpfte ins Zimmer und zog die Tür langsam und leise zu.

Ich erschrak bis ins Mark als Mama mich am Handgelenk packte und mich böse anzischte "Wo warst du?" Diese drei Worte und ihr grober Griff reichten und ich wusste dass sie ausser sich war. Wie hatte ich nur denken können dass sie die Deckenattrappe nicht bermerken würden? Papa schaltete seine Nachttischlampe ein und sah mich ungläubig und zugleich strafend an "Was um Himmels Willen ist in dich gefahren? Wir sind fast verrückt vor Sorge! Franz ebenso! Sophia ist auch weg. Ich rufe ihn an, dass du auch wieder da bist."

"Nein, Papa", schluchzte ich "Sophia ist nicht mit mir heimgegangen. Sie trifft sich mit einem Cousin des Animateurs."

"Das wird ja immer noch schöner" zischte Papa und rief Franz an um ihm Bescheid zu sagen.

"Franz, ja Hanners hier, Carina ist gerade zurückgekommen aber Sophia ist nicht dabei! Laut Carina ist sie mit einem Typen unterwegs, sie sagte der Cousin eines Animateurs. Ja wohl einer hier aus dem Hotel. Bitte sag uns Bescheid, wenn Sophia zurück ist!"

Dann wandte er sich mir zu und sah mich grimmig an.

"Wo kommst du eigentlich her? Wo habt ihr euch rumgetrieben?"

"Carina, was soll das, das sieht dir überhaupt nicht ähnlich!" das kam von Mama.

Ich konnte vor lauter schluchzen kaum sprechen und sagte einfach nur es täte mir so leid und ich würde einsehen dass es ein großer Fehler gewesen sei.

"Es tut mir so leid dass ich euch so enttäuscht habe. Ich wollte euer Vertrauen nicht mißbrauchen. Es tut mir wirklich so leid!! Wir waren auf einer Strandparty wo wir niemand kannten und dann ging Sophia mit diesem Georgios mit und dann...

Vor lauter Schluchzen brannte mir die Kehle und ich konnte kaum weiterreden.

Ich hockte da wie ein Häufchen Elend

und plötzlich legte mir Mama die Arme um die Schultern. Ich mußte noch heftiger heulen und irgendwann meinte Papa es sei jetzt genug und das Wichtigste sei dass ich wieder da sei. Er befahl mir Sophia aufs Handy zu schreiben dass sie SOFORT zurückkommen solle was ich mit zitternden Fingern tat.

"Carina, es ist halb zwei und wir werden jetzt alle schlafen. Aber morgen möchte ich von dir genau hören was da los war. Und ich möchte so eine Verlogenheit von dir nie wieder erfahren müssen!"

Ich war trotz der Schimpfkanonade erleichtert. Nun hoffte ich nur noch dass auch Sophia gut heimkam.

Papa löschte das Licht und ein unangenehmes Schweigen machte sich breit. Normalerweise wünschten wir uns immer eine gute Nacht. Aber dieser Abend war auch nicht "normal" verlaufen, und daran war ich schuld.

4

Am nächsten Morgen wurden wir von einem leisen Klopfen an der Tür geweckt. Ich schielte zur Uhr - schon acht vorbei. Es war Tobias der schüchtern fragte ob er mit uns zum Frühstück gehen dürfe.

"Ja, Tobias, was ist denn mit Sophia und deinem Papa?" fragte Mama besorgt.

"Sophia liegt noch im Bett, ihr ist kotzübel. Und Papa sagte mir dass er dringend zur Apotheke muss und ich bei euch fragen soll. Das ist doch ok, oder" fragte er betreten.

Mama winkte ihn herein und sagte er solle kurz warten bis wir fertig seien und dann würden wir gemeinsam gehen.

Papa schaute aufs Handy und zeigte es dann kurz mir und Mama mit einem vernichtenden Blick. Franz hatte gemailt: "Notfall. Ich komm nach zum Frühstück. Näheres später." Das war kurz und deutlich, mir wurde wieder ganz flau im Magen. Nach gut zwanzig Minuetn brachen wir zum Früstücksbuffet auf. Ausser Tobias schien es heute keinem so richtig zu

schmecken. Was wohl mit Sophia los
war? Ob sie betrunken war? Hauptsache
sie war zurück.

Kurz nach neun erschien Franz am
Tisch, mit rotem Kopf und ungewohnt
ernst dreinblickend. Er ließ sich auf
seinen Stuhl fallen und bekam
sogleich Kaffee von einer der
Bedienungen eingeschenkt. Er bedankte
sich und trank ihn gleich schwarz.

"Puh, sorry Leute wegen der
Aufregung. Sophia schläft jetzt.
Carina, ich habe gehört du warst auch
bei dieser Party. Sophia hat geheult
und gejammert und gesagt sie hätte
dich überredet und sie wäre schuld.
Nun, ich bin abends nochmal raus und
hab sie gesucht aber Fehlanzeige. Ans
Handy ging sie auch nicht. Ich war
erst stinksauer aber auch krank vor
Sorge. Als sie um vier vor der Tür
stand, oder soll ich sagen in die Tür
reintorkelte, war sie sturzbetrunken
und ist sofort ins Bad verschwunden.
Ich hab aus ihr nicht viel
rausbekommen, sie hat geheult und
gekotzt im Wechsel. Von dieser
Georgios Geschichte hab ich mir nur
die Hälfte zusammenreimen können aber
ich war vorher in der Apotheke und
habe ihr die Pille danach besorgt" Er
machte eine Pause uns schnaufte laut.

59

Am Tisch war es mucksmäuschenstill. Mama hielt sich erschrocken die Hand vor den Mund.

Der Kloß in meinem Hals schien noch größer zu werden.

"Jetzt wisst ihr erstmal Bescheid. Ich kann jetzt nichts essen. Und ich muß mich noch um etwas kümmern. Tobias, du kannst in den Pool und bleibst bei den Liegen. Ins Meer gehst du nur zusammen mit den Reitingers, klar? Ich komm später nach und dann reden wir nochmal".

Tobias sagte kleinlaut er hätte eh schon Liegen belegt und seine Badehose an, er würde nach dem frühstücken gleich unten bleiben.

Mama, Papa und ich brachen nach dem Frühstück zu einem Strandspaziergang auf und da brach es auch schon aus mir heraus:" Ich kann nur nochmal sagen dass es mir so leid tut! Ich hätte mich eben von Sophia nicht überreden lassen dürfen. Ich wußte es war falsch euch so zu hintergehen. Aber ich wollte einfach auch nicht dauernd als die kleine liebe brave langweilige Carina neben der tollen Sophia dastehen. Dass es blöd war heimlich zu verschwinden ist mir jetzt klar. Die Beachparty war

nur für Hotelangestellte und
Einheimische und wir passten dort eh
überhaupt nicht hin. Sophia hat sich
dann mit einem Kerl abgeseilt und ich
war erstmal allein rumgestanden. Bis
Yannis kam und mich zum Hotel
zurückbrachte. Er hat mir gleich
gesagt dass der Typ mit dem Sophia
mitgegangen ist ein Weiberheld ist.
Es tut mir so leid dass ich euch den
langersehnten Urlaub verdorben habe
und ich kann nur versprechen dass ich
aus diesem Fehler lernen werde. Ich
hab euch lieb und verspreche euch
nicht mehr so zu enttäuschen!"

Mama nickte und sagte ernst:
"Carina, ich kann dich verstehen und
ich glaube dir. Aber wir waren
gestern geschockt als wir im Zimmer
nach dir sehen wollten und diese
Attrappe entdeckten. In meinem ganzen
Leben hab ich mich noch nie so sehr
erschrocken! Ich dachte wir hätten
ein gutes Verhältnis und du
bräuchtest keine solchen
Heimlichkeiten. Aber ich bin auch
mehr als froh, dass du deinen Fehler
selbst bereust und dass du unversehrt
zurückgekommen bist. Das mit Sophia
ist nur noch schlimm. Wir werden
später mal nach ihr sehen!"

Papa drückte meine Hand

"Kleines, ich weiß du bist keine Kleine mehr sondern mauserst dich zu einer jungen und hübschen Frau. Und auch deine Mama und ich waren mal Teenager und haben nicht immer alles richtig gemacht. Aber ganz ohne dir meine Meinung zu sagen geht es nicht! Dafür haben wir uns gestern zu viele Sorgen gemacht. Nicht auszudenken wenn dir etwas zugestossen wäre. Da dreht sich mir echt der Magen um! Wir sind mehr als froh dass dieses doofe Abenteuer nun so glimpflich ausgegangen ist und ich finde auch ihr solltet hernach nach Sophia sehen! Lasst uns bei Yannis nur kurz was trinken und dann gehen wir zurück."

Yannis sah uns schon kommen und er konnte wohl in unseren Gesichtern lesen dass wieder "Friede" war. Er umarmte uns kurz alle drei und sagte dann er würde uns gleich drei Frappee aufs Haus bringen. Er kam an unseren Tisch mit den erfrischenden Getränken und sagte zwinkernd zu uns: "Bude voll, die Arbeit ruft, aber ihr wisst ja, ihr habt eine tolle Tochter" und an mich gewandt, "und du hast tolle Eltern!"

Wir lächelten uns an und genossen in Ruhe den leckeren Frappee bevor wir zum Hotel zurückgingen.

Ich war so froh dass wir uns
ausgesprochen hatten und dass Mama
und Papa nicht nachtragend waren.

5

Franz war schon bei Tobias im Hotelgarten. Er lächelte Papa an und meinte ob er noch ein weiteres ernstes Gespäch vertragen würde. Tobias verdrehte die Augen und meinte er ginge zum Pool da sei gleich Aquagym.

Und Mama und ich machten uns auf zu Sophia. Wir klopften und sie ließ uns rein. Sie sah schlimm aus mit zerzaustem Haar und absolut käseweiß im Gesicht. Von schnippisch oder cool keine Spur mehr. Und sie war am Kofferpacken...ich sah sie bestürzt an.

"Ja, seit zwei Jahren waren sich Papa und Mama nicht mehr so einig wie jetzt. Ich fliege heute nachmittag noch zurück." Mama und ich waren sprachlos. Dafür redete Sophia weiter dass sie den vielen Alkohol total unterschätzt hätte und sie überhaupt nicht mehr wusste wie weit sie mit Georgios gegangen war. Sie hielt die Tränen zurück und meinte dann: "Mir war schon klar, dass ich für Georgios nicht mehr als ein Urlaubsflirt sein würde aber dass er mich dermassen abgefüllt hat und dann betatscht und

was weiß ich noch, das ist mir
wirklich nur noch peinlich! Und Papa
bin ich dankbar dass er nicht total
ausgerastet ist und für mich heute
früh extra noch die Pille danach
organisiert hat. Ich hab ihn so
dermaßen enttäuscht und ich...."
Sophia schluchzte nun mehr als dass
sie sprach und Mama legte ihr die
Hand auf die Schulter und meinte sie
solle sich kurz hinsetzen. Dann ging
sie zur Minibar und nahm eine kalte
Cola raus und schenkte sie für Sophia
ein. Sophia nickte dankbar und trank
in kleinen Schlucken. "Danke, Katrin!
Bitte lass mich mit Carina noch kurz
allein, ich muss ihr noch was sagen."

Mama meinte das sei ok und
verließ leise das Zimmer.

Sophia klopfte neben sich aufs
Bett und ich setzte mich direkt neben
sie.

Komisch, dass uns erst so ein
schreckliches Erlebnis näher brachte.

"Carina, ich entschuldige mich
hier in aller Form bei dir! Ich hab
mich den ganzen Urlaub über so doof
verhalten! Ich bin eigentlich gar
keine solche Zicke." Sie grinste
etwas schief. "Ich find dich auch
nicht kindisch oder sonst irgendwas,

im Gegenteil ich finde du siehst voll cool aus und ich bewundere auch dein Superverhältnis zu deinen Eltern! Es war so dumm von mir auf diese Party zu wollen und dich auch noch voll mit hineinzuziehen. Papa hat mir erzählt dass du wohl um kurz nach ein Uhr früh da warst und ich bin so froh dass dir nichts passiert ist. Das hätte ich mir nie verziehen! Und was Papa heute für mich gemacht hat das ist so peinlich für mich aber so lieb von ihm! Er hat vorher lange mit Mama telefoniert und sie hat für mich für heute Abend einen Rückflug gebucht."

Erschrocken schaute ich sie an aber Sophia meinte nur dass es für sie ok sei, sie wolle Tobias den restlichen Urlaub mit seinem Vater verbringen lassen. Und sie würde dann übermorgen mit ihrer Mutter für eine Woche als Betreuerin ins Kinderzeltlager mitfahren. "So war das eigentlich ursprünglich geplant und meine Freundin Lea war eh von mir total enttäuscht weil ich zelten dann gegen Rhodos eingetauscht habe. Ich hoffe sie redet noch mit mir. Zum Pool komme ich nicht mehr. Ich muss noch packen und ich hab auch solche Kopfschermzen! Ich werd mich auch nochmal hinlegen. Mein Bus geht um halb fünf."

Ich schluckte und sah sie nun direkt an.

"Sophia, es war wirklich doof mit dieser Party aber ich denke ich und auch du wir haben die Kurve noch gekriegt und wir haben echt beide coole Eltern! Schade dass wir uns nicht besser kennengelernt haben. Ich werd in die Lobby kommen wenn du auf den Bus wartest, ok?"

Sophia schaute mich nun auch an und lächelte.

Als ich ihr Zimmer verlassen hatte fühlte ich mich zwar insgesamt gut und erleichtert aber ich war auch richtig erschöpft und hatte einen dicken Kopf.

Ich ging ans Meer und langsam ins Wasser. Mann tat das kühle Wasser gut! Ich ließ mich auf dem Rücken treiben und genoß es eine Weile. Dann stellte ich die Füße auf den sandigen Grund und blieb im Wasser stehen und hing einfach meinen Gedanken nach. Heute war so viel passiert und soviel geredet worden dass ich diese Auszeit jetzt einfach brauchte. Heute abend würde ich Mark anrufen und ihm alles erzählen, ebenso Laura.

Jemand winkte mir zu. Es war Mama die

auf mich zuschwamm.

Wir ließen uns weiter im brusthohen Wasser treiben bis sie auf einmal winkte und ich Papa und Franz erkannte. Papa kam auch zu uns ins Wasser und Franz deutete Richtung Hotel und winkte uns zu.

Papa kam zu uns und verdrehte leicht die Augen. "Also für heute hatte ich genug Aussprachen, ich sags euch. Was Franz da diese Nacht mit Sophia durchgemacht hat ist echt kein Witz! Und ich denke es ist das beste für alle was sie ausgemacht haben!" Er erklärte es Mama kurz und auch sie meinte dass es Tobias und Franz auch guttäte die letzten drei Tage noch in Ruhe zusammen verbringen zu können. Ich sagte "Kommt ihr mit zur Rezeption wenn Sophia abgeholt wird?"

"Das ist ne gute Idee, klar verabschieden wir sie noch."

6

Gegen vier zog ich mir mein Strandkleid über den Bikini und machte mich auf den Weg zur Hotellobby. Mama und Papa wollten ein bisschen später nachkommen.

Ich sah Sophia neben ihrem Koffer auf der Couch sitzen und ging auf sie zu. Sie hatte ein Pita-Souvlaki von der Poolbar in der Hand wovon sie gerade abbiss.

"Ich hab den ganzen Tag noch nichts essen können aber jetzt habe ich doch Hunger bekommen. Ich hoffe nur mir wird im Bus und im Flugzeug nicht wieder übel."

"Schade dass du in den letzten Tagen kaum was gegessen hast, du hast echt was verpasst!"

Sie nickte nachdenklich und ass genußvoll weiter.

Als ich mich wunderte wo Franz und Tobias seien meinte Sophia sie hätten sich bewusst schon vorher verabschiedet und die beiden seien beim Beachvolleyball.

"Für Tobias war es Aufregung genug,

der arme Kerl. Ich denke es schadet nicht wenn er jetzt mit Papa noch ein paar Tage "Männerurlaub" geniessen kann. Dass du jetzt extra hergekommen bist freut mich total, Carina! Wenn ich nicht so zickig gewesen wäre hätten wir vielleicht sogar Freundinnen werden können. Ich sehe jetzt aber den Abbruch des Urlaubs nicht nur negativ und freue mich irgendwie aufs Zeltlager. Nur mit Mama steht mir natürlich auch noch eine große Aussprache bevor. Sie hat sich wahnsinnige Sorgen gemacht wegen mir. Ah, da hinten kommen deine Eltern!"

Mama und Papa kamen auf uns zu und sahen Sophia direkt an.

Papa sagte:" Na, Sophia, ernste Aussprachen gab es heute genug. Ich halte mich jetzt damit also zurück und wünsche Dir einfach dass du aus dieser Erfahrung was lernst und natürlich eine gute Heimreise."

Er drückte ihr die Hand und meinte nochmal "Kopf hoch, Mädel".

Ich war froh dass er sie nett verabschiedete ohne weitere Standpauke. Das rechnete ich Papa hoch an.

Und auch Mama sagte nur kurz "Sophia, ich schliesse mich Hannes an, ich hoffe auch dass du aus dieser unangenehmen Situation deine Erfahrungen ziehen wirst. Vergiß nicht deinem Vater nochmal zu danken, ich kann nur sagen dass er absolut besonnen reagiert hat und heute früh sofort für dich Richtung Apotheke losmarschiert ist. Und dass er vernünftig mit deiner Mama gesprochen und nun für dich die beste Lösung gefunden hat! Komm her" Mama drückte Sophia kurz an sich und hielt dann den Daumen hoch.

Papa und Mama winkten nochmal und gingen dann zurück zu den Liegen.

Ich blieb noch bis der Bus zur Hotelauffahrt kam.

Dann drückten wir uns und verabschiedeten uns voneinander. Sophia blinzelte die Tränen weg und schultere ihr Handgepäck und ich rollte ihren Koffer zum Bus. Ich hatte einen Kloß im Magen und hätte nicht gedacht dass dieser Abschied auch für mich so emotional sein würde.

Der Busfahrer nahm mir den Koffer ab und verstaute ihn im Bus und auch die weiteren Koffer von den anderen

Heimreisenden aus unserem Hotel.

Nocheinmal fiel mir Sophia kurz um den Hals und drehte sich dann um und stieg ein. Ich wartete bis der Bus anfuhr und winkte ihr noch hinterher. Dann bog der Bus links auf die Hauptstrasse ab und verlor sich im Verkehr.

Ich schluckte und ging dann ebenfalls zum Hotelgarten zurück.

Papa war nicht am Platz aber Mama wartete schon auf mich.

Sie sah mir meine Stimmung an der Nasenspitze an und bedeutete mir sich neben sie auf die Liege zu setzen. Ich ließ mich schwer neben sie plumpsen und sie drückte mich leicht an den Schultern.

"Ich kann es dir so gut nachfühlen meine Süße, dass du total durcheinander bist und heute alles etwas viel war. Wenn Du magst können wir heute nach dem Abendessen noch etwas bummeln und dann gehn wir heute lieber nicht zu spät schlafen. Was meinst du?"

"Hört sich gut an Mama. Aber jetzt brauch ich einfach etwas Zeit für mich! Ich werd mich erstmal ausruhen und Musik hören und ich geh

dann als erste duschen weil ich
danach Mark anrufen möchte."

"Ok, dann geh ich jetzt auch ans
Meer runter zu den Männern. Bis
hernach."

Ich genoß die Ruhe auf meiner
Liege und stellte meine derzeitige
Lieblingsmusik an. Lange folgte ich
aber der Musik nicht sondern döste
ein.

Einge gute Stunde hatte ich
geschlafen und fühlte mich aber immer
noch schlapp. Ich holte mir eine
kühle Fanta an der Hotelbar und
packte dann meine Badesachen zusammen
bevor ich mich auf den Weg ins Zimmer
machte.

Ich ließ mir Zeit unter der
Dusche und merkte wie ich endlich
ruhiger wurde. Als wenn das Wasser
die Anspannung von mir fortwaschen
würde. Ich wusch mir die Haare mit
Mamas Kokosshampoo und cremte mich
danach mit duftender After Sun Lotion
ein. Meine Haare ließ ich
lufttrocknen, hatte aber einen
starken Schaumfestiger eingeknetet in
der Hoffnung auf einen Look wie
Beachwaves.

Ich setzte mich aufs Bett und rief

mit klopfendem Herzen bei Mark an. Wir hatten bisher noch nicht telefoniert sondern über whatsapp geschrieben und Fotos und Sprachnachrichten geschickt. Als er nach dem vierten Freizeichen dran ging und "Hey meine Hübsche" sagte machte meinen Herz einen Sprung. Vor Freude und aber auch vor Angst was er zu meiner Aktion sagen würde. Ich fragte ihn erst was er heute so gemacht hatte. Er war noch bei seinen Großeltern und sie waren heute an einem Badesee in der Nähe gewesen und auch gerade erst heimgekommen. Nun bereitete sein Opa den Grill und seine Oma Salate vor. Ich freute mich mit ihm und dann platzte es aus mir heraus:

"Mark, ich muss dir jetzt was erzählen, sonst zerreist es mich. Ich hab echt dicken Mist gebaut gestern Abend und wir hatten hier heute einen Wahnsinnstag."

Ich erzählte ihm von Anfang an die Sticheleien zwischen mir und Sophia und dann der Vorschlag mit dem gemeinsamen Besuch der Insider-Beachparty. Ich war ehrlich und erzählte alles der Reihe nach. Angekommen bei dem drappieren der Wolldecke schnaufte Mark laut ins

Handy "Mensch, Carina, was hast du dir nur dabei gedacht? Das ist echt krass, sag mal spinnst du? Aber ok, red erstmal weiter". Er hörte mir zu und stimmte nur zeitweise mit einem "mhm" oder "echt jetzt" ein. Und als ich zu Sophias Abgang kam sagte er

"was für eine doofe Tante, sie ist echt mit diesem Kerl von der Party weg verschwunden und du warst dann ganz allein da?"

Ich erzählte weiter und weiter "Du glaubst gar nicht wie mies ich mich aufeinmal gefühlt habe! Nix da Partystimmung sondern ich stand alleine rum unter feiernden Fremden. Und dann kam erst richtig mein schlechtes Gewissen durch! Und wenn ich dann an den Rückweg am finsteren Strand entlang nur dachte, oh Mann. Ich war direkt froh als Yannis mich sah und zum Hotel zurückbrachte." Ich erzählte ihm weiter von meiner Ankunft im Zimmer und dass meine Eltern natürlich entdeckt hatten dass ich weggewesen war. Inzwischen kamen Mama und Papa ins Zimmer und gingen aber gleich ins Bad sodass ich in Ruhe weiterreden konnte.

Als ich zu dem Part kam dass Sophia erst in der Früh und sturzbetrunken zurückgekommen war ereiferte sich Mark "Das gibts doch nicht. Wahnsinn! Und dann??"

Als Mama nun aus der Dusche kam ging ich leise auf den Balkon und telefonierte mit Mark weiter.

Er gab mir total Recht dass ich mich von mir aus aufrichtig bei meinen Eltern entschuldigt hatte.

"Ich bin echt froh zu hören dass ihr euch nun wieder vertragen habt. Und ich hätte gedacht du erzählst mir von einem ruhigen und eher langweiligen Urlaub, aber denkste."

Ich berichtete noch zu Ende dass Sophia schon abgereist war und dass ich auch mit ihr reinen Tisch gemacht hatte.

Danach sagte Mark dass er sich schon wieder sehr auf mich freute und wünschte mir erstmal noch weitere schöne Tage.

Wir hatten immer noch neun ganze Tage vor uns, davon noch zwei zusammen mit Franz und Tobias.

Heute beim Abendessen würde ich vorschlagen beim bummeln endlich mal für Sandalen für mich zu suchen, das würde mich auch von dem Gedankenkarussel ablenken.

Als wir uns um halb acht trafen waren Tobias und Franz schon am Tisch und hatten bereits Getränke vor sich stehen. Tobias nickte uns kurz zu und stürmte ans Buffet.

Franz seufzte und sagte "Heute wird bei Tobi und mir sowohl Spaziergang als auch Show ausfallen. Ich brauch heut sogar nicht mal mehr nen Absacker an der Poolbar. Ich ess jetzt was und ich denk wir werden nach dieser ganzen Action heute echt gut schlafen".

Bevor er noch weiter ausholen konnte machte ich mich auch in Richtung Buffet auf. Mein Appetit war zurückgekehrt und ich lud mir den Teller voll mit leckeren Vorspeisen. In mich reingrinsend dachte ich an Sophia. Sie würde wohl im Zeltlager normal essen, aber ob es da so gute Sachen gab wie hier am griechischen Buffet?

Tobias hatte wie immer den Teller gut gefüllt und er sagte mit noch halbvollem Mund "Dass Erwachsenwerden mit so nem Stress verbunden sein muss. Puh. Gut dass Papa sich wieder eingekriegt hat. Ich bin jedenfalls ganz froh dass Sophia Schwesterherz heimgeflogen ist. Jetzt hab ich Papa mal für mich! Na warte, ich werd ihn nicht den ganzen Tag nur auf der Liege rumlungern lassen".

Ich musste bei der Vorstellung schon grinsen.

Nun kamen Mama, Papa und Franz auch mit gefüllten Tellern zurück und wir wünschten uns nochmal "Kali orexi" guten Appetit. Und wirklich jeder ass mit Appetit. Ganz anders als in der Früh bei dem verkorksten Frühstück. Ich war auch froh dass meine Eltern wieder entspannt aussahen und lächelte Mama zu als sie gerade zu mir hersah.

Ich hatte ein leichtes ziehen im Bauch weil es mir wirklich total leid tat dass ich sie so hatte auflaufen lassen. Im Grunde wusste ich sehr wohl zu schätzen dass mir meine Eltern voll vertrauten und auch viel erlaubten. Ich nahm mir vor den weiteren Urlaub über besonders darauf zu achten nicht zu motzen.

Nach dem Essen verabschiedeten wir uns von Tobias und Franz und gingen zur Einkaufsstrasse vor. Ich fand tatsächlich hübsche Sandalen mit einem mittelhohen Absatz und Knöchelriemen in einem wunderschönen graublau und war glücklich mit dem guten Einkauf. Wir sahen uns noch diverse Souvenirs an und überlegten war wir für Oma und Opa besorgen könnten. Lange hielten wir aber auch nicht durch und bummelten barfuß am Strand zum Hotel zurück. Was für ein Unterschied! Heute fühlte ich mich wohl und geborgen am dunklen Strand. Und aber auch todmüde! Auf dem Zimmer ging ich wieder als erste ins Bad und legte mich dann ins Bett.

Ich bekam gar nicht mehr mit wann Mama aus dem Bad kam und dass Papa den Fernseher leise angestellt hatte. Ich schlief wie ein Murmeltier.

7

Mit dem heutigen Tag waren Franz und
Tobias nur noch drei Tage im Hotel.
Am Freitag würden sie dann
nachmittags um viertel nach fünf
wieder nach Hause fliegen. Ihr Bus
würde sie um halb drei vom Hotel
abholen.

Da die beiden ihre Tage an Pool
und Strand verbringen wollten und
keine Lust auf Ausflüge hatten
überlegten wir uns das auch für die
nächste Woche aufzuheben, wo wir eh
nur noch zu dritt waren. Mama wollte
unbedingt nach Lindos. Ich war
ursprünglich nicht besonders scharf
darauf gewesen aber ich hatte bereits
viele Postkarten mit dem Motiv der
hübschen Altstadt und den Berg mit
der Johanniterburg gesehen. Also
würde ich hier nicht lange
diskutieren sondern mitkommen.

Dass wir uns Rhodos Stadt
ansehen würden war von vornherein
beschlossene Sache gewesen. Papa
hatte zuvor vorgeschlagen beim
nächsten Strandspaziergang bis zum
Hafen von Faliraki zu gehen und uns
Prospekte mitzunehmen sodass wir mit
dem Wassertaxi nach Rhodos Stadt

fahren könnten.

Obwohl ich mich im Hotel und Umgebung echt wohl fühlte freute ich mich doch darauf auch etwas von den Sehenswürdigkeiten der Insel Rhodos zu sehen.

Mama und ich beschlossen heute wieder bei der Wassergymnastik mitzumachen. Wir sahen Christos schon von weitem und als er uns sah winkte er ganz aufgeregt. Was er wohl wollte? Den anderen Gästen winkte er ja auch nicht extra zu. Er kam kurz auf uns zu und sagte, ich solle bitte nach der Gymnastik ganz kurz auf ihn warten, es sei wichtig. Ich schaute überrascht und Mama irgendwas zwischen mißtrauisch und ablehnend.

"Was will er von dir? Carina, sei mir nicht böse aber ich möchte dass du dich mit ihm nicht sonstwo triffst..."

"Mensch Mama, ich hab einmal Mist gebaut ok, aber ich weiß durchaus wie ich mich verhalten muss: Ich bin kein Kleinkind mehr"

Die laute Musik aus den Boxen machte ein weiteres Gespräch unmöglich, was mir ganz gelegen kam.

Christos begrüßte die gut zwanzig

Frauen und zwei Männer und gab von aussen Tipps und Anweisungen für die Wassergymnastik. Die Songs und die Übungen waren gut und abwechslungsreich und so machte dieser Frühsport sogar wirklich Spaß.

Nach dem letzten Song und der Abschlußübung - wir hingen mit den Armen am Beckenrand und strampelten mit den Beinen im Takt - klatschten alle und lösten sich dann aus der Runde. Mama sah mich nochmal prüfend an und stieg dann aber aus dem Wasser und ging zur Dusche.

Ich drehte mich zu Christos um und er deutete mir an dass er gleich wieder käme. Ich setzte mich also an den Beckenrand. Ich konnte mir auch nicht vorstellen was nun kommen sollte.

Da sah ich ihn auch schon zurückkommen. Er sagte "Pass auf" und drückte mir etwas in die Hand. Es sah aus wie eine kleine silberne Schlange. Aber....nein das war keine Schlange, das war ein Anhänger in Form eines großen "S". Es war Sophias Anhänger den sie am Armgelenk an einem Art Bettelarmand getragen hatte.

"Ich muß weiter und hier noch

aufräumen. Das hat mir Georgios heute früh vorbeigebracht. Sophia muss es wohl bei ihm im Auto verloren haben... als sie da rumgeknutscht haben." Ich drehte den hübschen Anhänger in der Hand. Am oberen und unteren Ende des "S" war je ein kleiner funkelnder Stein und auf der Rückseite ein Stempel. Ich stutzte als ich "585" entzifferte. Das war ja Weißgold!

"Mein Cousin ist zwar ein Casanova aber kein Dieb. Und er hat gesagt dass zwischen ihm und Sophia nicht viel gelaufen ist weil sie so besoffen war dass er Angst hatte sie würde in sein Auto kotzen!"

Erst schaute ich entsetzt doch dann musste ich lachen. Christos grinste ebenfalls.

"Hey Danke Christos! Ich werde es sofort ihrem Vater geben und ihr schreiben."

"Wo ist sie denn eigentlich? Ich hab sie seit vorgestern Abend nicht mehr gesehen."

"Sie ist gestern abgereist. Nach einem Riesenkrach. Sie ist erst in der Früh um vier zurückgekommen und war heimlich auf der Party. Und sie dachte...sie wusste nicht mehr.....wie weit sie mit Georgios gegangen ist."

"Oh nein, so ein Theater. Na dann freue ich mich ja direkt hier klären zu können" zwinkerte mir Christos zu.

Ich winkte ihm noch nach und ging dann postwendend in den Hotelgarten zu unseren Liegen, wo allerdings nur Mama war.

Sie erklärte, dass die drei Männer im Meer seien und konnte sich dann nicht verkneifen zu fragen, was denn dieser Christos nun gewollt habe.

Ich zeigte ihr den Anhänger und erklärte ihr die ganze Geschichte.

"Na dann ist ja alles nochmal gutgegangen! Der Anhänger ist aber nicht das wichtigste. Sondern dass sie sie nicht noch mehr mit diesem Typ eingelassen hat. Klar gehören immer zwei dazu, aber so betrunken wie sie wohl war. Das hätte auch böse ausgehen können".

Ich fischte mein Handy aus meinem Baderucksack und musste schmunzeln als ich darauf eine Nachricht von Sophia las in der sie

schrieb dass sie gut gelandet wäre
und dass es morgen früh um sieben
schon losging ins Zeltlager.

Ich fotografierte den "S"
Anhänger und schickte ihr das Foto
mit dem Text "das hat Georgios über
Christos zurückgegeben. Du hast es in
seinem Auto verloren. Und du brauchst
nicht weiter zu grübeln...es kam
nicht zum "Äußersten" weil du so
betrunken warst". Ich setzte noch
einen zwinkernden Emoji dahinter und
verschickte die Nachricht. Keine
halbe Minute darauf kamen von ihr
dreimal Daumen hoch zurück und "Ich
melde mich morgen. Tausend Dank!"

Nun mußte ich nur noch Franz
abwarten und ich freute mich schon
auf sein Gesicht, denn er dürfte auch
sehr erleichtert sein.

Als ich Sophia auf der Party mit
Georgios verschwinden sehen hatte,
hätte ich gedacht sie wären am Strand
entlang gegangen und hätten sich nur
etwas abseits der Party aufgehalten.
Ich hatte ja mehrere Pärchen gesehen
die sich auch abgeseilt hatten. Aber
dass Sophia zu Georgios ins Auto
gestiegen war, das war wirklich mehr
als leichtsinnig! Mir wurde beinahe
nachträglich übel. Ihr Verhalten
hätte wirklich böse ausgenutzt werden

können!

Ich hörte Franz schon von weitem mit seinem lauten Organ.

"Lieber Tobias, dein alter Vater ist jetzt erstmal fix und alle mit diesem Getauche! Ja ja die Damen haben es sich auf den Liegen gemütlich gemacht, das mach ich jetzt auch. Ich hab jetzt die nächste Zeit erstmal keine Sprechstunde."

"Doch Franz, die hast du, glaub mir" warf Mama ein und Franz sah sie überrascht an. Mama lächelte mir zu und nun kam mein Einsatz:

"Schau Franz, bitte heb das gut auf und gib es Sophia zuhause zurück!"

Franz schaute ungläubig auf den Anhänger und schluckte.

"Mensch, Carina, wo kommt der denn jetzt her?? Dieser Anhänger ist was ganz Besonderes! Ich hab ihn Sophia letztes Jahr zur mittleren Reife geschenkt! Sie hat ihn gern getragen und war für sie so eine Art Glücksbringer. Ich hab ihr ein paarmal gesagt dass so ein Anhänger im Pool oder am Strand leicht verloren gehen kann. Sie hat ja letztens Rotz und Wasser geheult aber nicht bemerkt wann sie ihn auf dieser oberblöden Party verloren hat."

"Ähm, Franz, sie hat ihn im Auto von Georgios verloren und...halt lass mich ausreden" sagte ich mit fester Stimme und sah ihn direkt an "und Sophia und Georgios hatten keinen Sex! Sophia war so betrunken dass nicht mehr zwischen ihnen lief als Geknutsche, das hat er über seinen Cousin ausrichten lassen."

Franz schnaufte und seufzte und ich konnte ihm wirklich ansehen wie ihm der berühmte Stein vom Herz fiel.

Papa klopfte ihm auf die Schulter, Tobias aber verdrehte die Augen in unsere Richtung und meinte er hole Getränke und wer etwas wolle solle ihm es sagen.

Franz rief ihm fröhlich nach dass er gerne ein kleines Bier hätte und Mama ging mit Tobias mit um ihm tragen zu helfen. Franz umschloß den Anhänger fest mit der Faust und sagte

"da muss ich doch glatt das Handy aus dem Safe holen und mich bei Sophia melden!"

"Komm Franz, bis du dein Handy holst und langsam rumtippelst, ich hab es ihr schon geschrieben und sie war auch mega erleichtert. Sie meldet sich morgen, wenn sie im Zeltlager angekommen sind."

Wir setzten uns alle zusammen und genossen unsere kühlen Getränke. Franz lud uns für abends in die Taverne "Dionysos" ein um noch gebührend Abschied zu feiern. Wir verabredeten uns für 20 Uhr am Pool und dass wir dann gemeinsam hinspazieren würden.

8

Wir trafen beinahe zeitgleich am Pool ein und gingen bester Stimmung am Strand entlang Richtung Taverne. Tobias maulte zwar dass es dort doch kein Buffet gäbe aber Franz lachte dröhnend und versicherte Tobias er würde dort leckerst essen können und sich auch gerne eine Nachspeise bestellen können. Ich war wirklich glücklich dass Franz auch wieder locker drauf war und wir waren alle insgeheim erleichtert.

Yannis winkte uns als er uns sah und deutete auf den von Franz reservierten Tisch, direkt vorn mit Blick zum Meer. Franz bestellte für alle eine gemsichte Vorspeise und fragte wer aller einen Ouzo wolle. Ausnahmsweise durfte ich mir auch einen bestellen nur Tobias blieb beim Limo. Wir stiessen mit einem "Yamas" auf den schönen Urlaub an und freuten uns dann als die Vorspeisenplatte kam. Tobias war dank der Auswahl und Menge beruhigt und meinte das sei ja wie ein Buffet das eben am Tisch serviert werde. Franz bestellte danach gemischte Platten mit Fleisch, Fisch und Gemüse und natürlich reichlich Pita und Zaziki dazu. Wir schlemmten bis wir uns beinahe nicht mehr bewegen konnten. Tobias sagte er wolle nicht zu spät ins Bett dass er den morgigen halben Tag noch am Pool ausnutzen könne aber Franz meinte, er müsse schon noch warten bis nach der Nachspeise. Wir quatschen wild durcheinander und ließen erstmal etwas Zeit zwischen dem reichlichen Hauptgang und dem Dessert vergehen.

Als ich Yannis an der Theke stehen sah stand ich auf und ging zu ihm.

"Hallo Yannis, ich wollte dir nochmal danken dass du mich von dieser grässlichen Insinder-Party heimgebracht hast! Und ich wollte dir auch noch sagen, dass zwischen Georgios und Sophia doch nichts passiert ist" ich wurde etwas verlegen aber Yannis nickte mir zu und sah mich freundlich an "und er hat ihren goldenen Anhänger gefunden und zurückgegeben. Es war ein wertvoller Anhänger und er hätte ihn ja auch verschenken oder anderweitig versetzen können."

Yannis drückte mich kurz und sagte dass er froh sei dass unser "Abenteuer" doch so glimpflich ausgegangen sei. Dann deutete er mit dem Kopf in Richtung eines

vollbesetzten Tisches, für ihn ging
es wieder ans arbeiten.

Ich ging noch zur Toilette und
bemerkte beim Blick in den Spiegel
dass ich vergessen hatte meine
Ohrringe anzulegen. Ich schnitt mir
selbst eine Grimasse als Mama gerade
zur Tür herein kam und mich fragend
ansah. Ich deutete auf meine
Ohrläppchen und meinte "Du weisst
doch wie dick ich das habe wenn ich
mich schön hergerichtet habe aber die
Ohrringe vergessen habe!"

Wieder am Tisch fragte Franz was
wir denn gerne als Dessert hätten und
wir suchten uns wieder einen
gemischten Teller aus, so konnte man
einfach alles schön ausprobieren. Vor
allem in den griechischen Joghurt mit
Honig und Nüssen hätte ich mich
reinlegen können. Die Erwachsenen
bestellten sich noch einen
griechischen Mokka und Tobias und ich
noch ein Wasser.

Um kurz nach zehn ging Tobias
mit Franz gleich am Strand zurück zum
Hotel und Mama lotste Papa und mich
nochmal vor zur Hauptstrasse.
Zielstrebig ging sie auf ein kleines
Schmuckgeschäft zu und zeigte dem
Verkäufer was sie aus der Auslage
haben wollte. Es waren kleine

91

silberne Kreolen mit dem typisch griechischen Muster in echter Handarbeit, die ich mir schon zweimal angesehen hatte. Mama bedeutete mir sie zu probieren. Sie gefielen mir super und auch Papa nickte anerkennend.

"Darf die junge Dame die Ohrringe gleich anbehalten?" fragte Mama den Verkäufer. Erstaunt sah ich sie an. Doch Mama lächelte und redete mit dem Angestellten weiter. Sie bezahlte und bekam noch ein Schmuckkästchen für die Ohrringe mit. Dann drehte sie sich direkt zu Papa und zeige ihm noch irgendwas in der Auslage, es schien ein schöner Ring zu sein. Papa lachte und Mama wandte sich nun mir zu.

"Liebe Carina, ich hatte dir doch angesehen wie gut dir diese Ohrringe gefallen haben. Und sie sollen eine kleine Geste sein, dass wir deine Entschuldigung längst angenommen haben und ein Zeichen, dass wir dir gerne wieder voll vertrauen."

Ich war total gerührt und drückte erst Mama und dann Papa mitten auf dem Gehsteig, egal was sich manche Passanten nun dachten.

Dann machte ich ein spontanes Selfie und schickte es gleich direkt an Mark. In der Hoffnung er würde bald antworten.

Wir bummelten noch gemütlich zurück zum Hotel und Papa schaute noch nach wann die Autovermietung am Vormittag wieder öffnen würde. Denn wir wollten uns dann morgen um ein Auto kümmern für den Ausflug nach Lindos.

Auf dem Zimmer ging ich wie schon gewohnt als erste ins Bad und kuschelte mich dann mit dem Handy aufs Bett. Leider hatte Mark noch nicht draufgeschaut und also noch nicht geantwortet. Vielleicht war er ja schon schlafen gegangen, überlegte ich, denn ich hatte ihm ja nach halb elf geschrieben. Na dann eben morgen, dachte ich bei mir.

Ich schnappte mir noch meine Zeitschrift und blätterte darin herum bis Mama und Papa auch im Bad fertig waren.

9

Ein lautes Klopfen an der Tür weckte uns am nächsten Morgen auf. Ich steckte den Kopf zur Türe raus und sah Tobias und Franz.

"Na ihr Schlafmützen? Wir sind schon fit und gehen gleich frühstücken, denn wir müssen noch packen und um zwölf aus dem Zimmer. Wir treffen uns später am Strand, ok?"

Ich nickte und wir liessen es erstmal langsamer angehen. Ich schielte aufs Handy und sah sogleich dass Mark geantwortet hatte. Um 6.30 Uhr, Mann der war ja auch früh auf in den Ferien. Er hatte eine Sprachnachricht geschickt: "Guten Morgen meine Süße, stehen dir gut die neuen Ohrringe! Deine Eltern sind wirklich cool, da kannst du echt stolz sein. Ihr habt ja noch ne Woche auf Rhodos, ist bestimmt noch super. Ich muß heute meinem Opa erstmal beim Holzhacken helfen und nachmittags fahren wir mit den Nachbarn zum See, die haben ein Boot, wird bestimmt auch nicht übel. Wann kommt ihr eigentlich genau zurück? Ich hatte Freitagabend so gegen zehn im

Gedächtnis. Schreib mir eure Flugnummer nochmal. Am Samstag hält Leo seine Geburtstagsfeier, er will mit uns zum bowlen. Wär super wenn es bei dir auch klappt. Hmm, hab dich lieb, Carina"

Ich strahlte wohl aufs Handy weil Papa mich etwas belustigt von der Seite ansah. Ich beschloß noch nichts von der Feier zu sagen, Leo hatte morgen Geburtstag, ich würde ihm gratulieren und hoffte dann mehr zu erfahren.

Beim Frühstück liessen wir uns auch gemütlich Zeit und genossen die wie immer leckeren Sachen vom Buffet. Papa klärte noch mit unserem Kellner dass wir ab heute Abend nur noch zu dritt sein würden. Der Tisch würde verkleinert und wir könnten dann weiterhin dort sitzen was uns wegen der schönen Aussicht und der Nähe zum Buffet schon freute.

Als wir später am Pool vorbeigingen war Christos gerade damit beschäftigt die Musikbox für die Wassergymnastik herzurichten und ich deutete ihm an auch diesmal wieder mitzumachen.

Mama ging auch wieder mit und Papa machte es sich mit seiner

Zeitung auf seiner Liege gemütlich.

Mit Anlauf und einem Platscher kam Tobias kurz neben mir im Pool zum stehen.

"Ich mach auch nochmal mit, mir graust es eh schon von der Still-sitzerei hernach im Bus und im Flieger"

Ich konnte ihn verstehen und wir machten richtig ausdauernd die Übungen mit die Christos draussen vorturnte.

Anschließend gingen wir zu unseren Plätzen wo Franz schon das Handgepäck deponiert hatte. Ansonsten wollten sie den Tag noch am Pool verbringen denn ihr Bus ging auch erst nachmittags.

Wir setzten uns mittags noch gemeinsam an die Poolbar und Tobias und ich organisierten wieder die Pitataschen während Mama die Getränke bestellte. Insgeheim mußte ich zugeben dass Tobias mir ein bißchen ans Herz gewachsen war, so wie ein kleinerer Bruder. Das hätte ich am Unrlaubsanfang gar nicht für möglich gehalten.

Als mein Handy auf dem Tisch vibrierte und "Sophia ruft an"

meldete sah mich Franz ganz erstaunt an.

"Ja hoppla, die Sophia meldet sich bei dir! Da bin ich aber auch neugierig..."

Ich zwinkerte ihm zu, nahm das Handy und ging etwas abseits unter eine Palme in den Schatten.

"Hallo, Sophia"

"Hallo, Carina, grüß dich, ich hab nicht lange Zeit, ist grad Mittagspause und das MUSS ich dir jetzt einfach erzählen! Es ist wirklich total schön hier im Zeltlager! Ich hätte nicht gedacht dass es so Spaß machen kann sich um die Kinder zu kümmern und Spieleabende zu planen. Heute machen wir ne Nachtwanderung. Aber was am allerbesten ist! Kannst du dich erinnern als ich dir erzählt habe dass ich nicht sicher bin ob Lea überhaupt noch mit mir reden wird? Wir haben uns gestern am Lagerfeuer noch lang unterhalten und sie hat mir mein komisches Verhalten nachgesehen. Mensch ich bin so froh, Carina! Ich denke wir können wieder so gute Freundinnen werden wie zuvor!

Mit Mama hab ich mich auch

ausgesprochen, mir tut es echt voll leid dass sie wegen mir solche Sorgen hatte.

Und wie gehts Papa und Tobias? Ich ruf sie erst später an wenn sie am Flughafen sind, ich hab nämlich hier nur begrenzte Zeit am Handy, hihi. Kannst du ihnen das bitte ausrichten?"

"Klar, mach ich, wir sind grad an der Poolbar und essen was. Gegen halb drei werden sie auch schon abgeholt. Und ich mach morgen mit meinen Eltern einen Ausflug nach Lindos, freu mich schon drauf."

"Hört sich gut an, Carina, ich muss leider schon wieder aufhören, aber ich bin so erleichtert wegen Lea.

Und wenn du magst meld ich mich auch mal wieder. Tschau"

Und weg war sie. Ich grinste und ging zurück zum Tisch wo ich es spannend machte und erstmal genüßlich in das mittlerweile nur noch lauwarme Pita biss.

Dann sagte ich zu Franz:

"Man könnte direkt sagen, Ende gut - alles gut. Sophia gefällts total gut im Zeltlager! Sie konnte nur kurz telefonieren und meldet sich später noch direkt bei euch.

Sie ist so froh dass sie sich mit Lea wieder ausgesprochen hat und sie wieder befreundet sind."

Franz sah total erleichtert aus als er sagte:

"Vorgestern dachte ich noch mich trifft der Schlag wegen dieser Göre, aber Respekt, sie hat die Notbremse gezogen und scheint ihre Chance zu nutzen. Und ich werde mich auch bei der Nase nehmen und mich zukünftig nicht nur sporadisch bei Sophia und Tobias melden sondern wie früher ausgemacht jedes zweite Wochenende, natürlich nur soweit sie Zeit haben".

Tobias grinste und auch Mama und Papa fielen ein. Tobias wollte zum Abschluß unbedingt nochmal ins Meer und in den Pool. Die Erwachsenen hatten sich wieder mal festgeratscht und so beschloß ich endlich mal ein bisschen auf der Liege zu chillen.

Ich dachte über das kurze Telefonat mit Sophia nach und freute mich dass sie mir das hatte sagen wollen. Schon komisch, jetzt wo sie weg war verstanden wir uns besser als wo sie noch hiergewesen war.

Und dann stand auch schon der Abschied von den Meyermännern bevor. Wie vor ein paar Tagen standen wir wieder an der Rezeption und warteten mit ihnen auf den Bus. Franz und Papa würden sich ja am Montag in einer Woche wieder in der Arbeit sehen. Und Mama versprach dass wir uns mal alle sechs zu einem griechischem Abend bei uns zuhause treffen würden. Diese Idee fand ich super und wurde auch von Papa, Franz und Tobias positiv aufgenommen.

Bevor sie einstiegen drückten wir uns alle nochmal ausgiebig, einzig Tobias grinste ewtas verlegen und ließ die Abschiedszeremonie über sich ergehen. Franz drückte mich so fest dass mir fast die Luft wegblieb.

"Carina, die Sophia war glaub ich erst recht eifersüchtig auf dich aber es hat ihr imponiert dass du mit deiner geradlinigen Art ohne Zickerei überall gut ankommst. Sie mag dich gut leiden und du glaubst gar nicht wie wichtig es ihr war dass du mit ihr allein nochmal ausführlich geredet hast und sie so schön verabschiedet hast.

So und jetzt wünsch ich euch

drei Hübschen noch eine schöne Urlaubswoche und hoffe schon dass ihr uns nicht zuuu sehr vermisst" und dazu lachte er sein schallendes Lachen.

Wir winkten ihnen noch hinterher und gingen dann an den Strand. Wir schlenderten den schönen feinsandigen Strand entlang und Mama meinte:

"Ganz ungewohnt jetzt, so ruhig, und nur wir drei. Aber auch schön! Ich freu mich so auf die nächsten paar Tage mal nur wir! Länger als eine Woche hätte ich nicht mit Ihnen den Urlaub verbringen wollen. Das hat nicht mal unbedingt was mit den Meyers zu tun und auch nicht mit der Aufregung um Sophia und diese Party. Aber wir machen das Jahr über so viel mit Freunden dass mir der Familienurlaub schon ein bißchen "heilig" ist."

Mama hatte auch ungefähr meine Stimmung wiedergegeben und Papa gab ihr auch soweit recht:

"Ja, Katrin, ich seh das genauso. Es war fast durchwegs eine schöne Woche mit den Meyers, vom Partyzwischenfall und Sophias Zickenattacken mal abgesehen. Auf längere Zeit wäre mir der Franz aber auch zu anstrengend geworden, Bierchen hier, Bierchen da und nichts machen wollen ausser auf der Liege faulenzen. Gut dass Tobias ihn die letzten Tage etwas mitgerissen hat.

Aber von Rhodos hat er nichts gesehen das ist jammerschade. Aber nun, Schwamm drüber, ich freu mich nun mit meinen zwei Mädels noch auf eine schöne Urlaubswoche."

10

Und das wurde es! Eine superschöne
Urlaubswoche mit genau der richtigen
Mischung aus Ausflügen und Faulsein.

Lindos gefiel mir dermaßen gut
dass ich gefühlte hundert Fotos mit
dem Handy gemacht hatte und damit
auch Laura und Mark bombardiert
hatte.

Schon die Fahrt nach Lindos
hatte mir gefallen weil ich bis dahin
auch noch nichts von der Insel
gesehen hatte. Die Altstadt mit den
engen Gässchen und autofrei hatte es
uns angetan. Durch die enge Bauweise
war es angenehm schattig und es gab
eine schöne Mischung aus alten
Häusern mit vielen Dachrestaurants
und teils richtig hübschen
Souvenirläden. Auch den
schweißtreibenden Aufstieg zur
Akropolis ließen wir nicht aus. Mama
und Papa waren vor vielen Jahren
schon einmal dagewesen aber wieder
aufs neue fasziniert. Genauso wie
ich! Diese alten Säulen und
Zeitzeugen, das war mal Geschichte
pur. Vom Ausblick ganz zu schweigen
fand ich es wirklich so schön wie auf
vielen Postkarten dargestellt. Das

Meer wirkte von hier oben dermaßen dunkelblau und glitzerte so schön dass ich wieder ein Bild ums andere schoß.

Nachmittags ließen wir die Seele an einem schönen Strand baumeln und genossen das ruhige Wasser das hier kaum Wellen hatte dank seiner geschützten Lage.

Abends speisten wir als absolutes Highlight auf einer der romantischen Roof Top Bars.

Ich war mir absolut sicher, auch ich war nicht das letzte Mal in Lindos gewesen, so fasziniert war ich.

Einen weiteren Ausflug machten wir noch dem Wassertaxi von Faliraki aus nach Rhodos Stadt, auch das würde mir lange in bester Erinnerung bleiben. Das Ausflugsschiff, auf dem gut hundert Passagiere waren, legte direkt im bekannten und schönen Mandrakihafen an, mit seinen drei Windmühlen wieder ein begehrtes Fotoobjekt. Von dort aus ging es dann zu Fuß durch trutzige Stadtmauern in die vielen verwinkelten Gassen der Altstadt. Tagsüber war auch das mit viel Schweiß begleitet. Aber mir gefiel es so gut, dass sich Mama und

Papa ganz schnell überreden liessen
abends nochmal mit dem Leihauto
herzukommen. Abends wirkte alles noch
stimmungsvoller mit schöner
Beleuchtung der Kirchen und Moscheen
und den vielen Cafes und Tavernen.

Kurz vor der Heimfahrt ins Hotel
setzten wir uns noch auf ein Getränk
in ein kleines Cafe. Mein Handy
vibrierte in der Tasche und ich
schaute aufs Display. Es war Leos
Antwort auf meine Geburtstagswünsche.
Aufgeregt las ich seine Nachricht.
Tatsächlich lud er auch mich für
Samstag zur Bowling-Bahn ein wo er
mit einem Geburtstagsspecial mit uns
feiern wollte. Eingeladen waren Mark
und ich, Laura und ihre Nachbarin
Hanni und noch einige aus unerer
Klasse und seiner Fußballmannschaft.
Es sollte Riesenpizzen direkt an der
Bahn geben und für jeden ein
Erfrischungsgetränk. Ich schluckte.
Ich wollte unbedingt da hin. Und da
fragte ich Mama und Papa gleich
direkt.

"Carina, wenn Du tagsüber Mama
mit der Wäsche hilfst und mir etwas
im Garten, ist es wegen mir ok. Was
meinst du, Katrin?"

"Ja, so hab ich mir das auch
vorgestellt. Allerdings holen wir

dich dort spätestens um zwölf Uhr ab. Du kannst das ja mit Laura und Hanni noch besprechen, die liegen ja direkt auf dem Weg."

Ich fiel jedem einzeln um den Hals und sagte einfach "Danke". Wenn sie gewollt hätten hätten sie mich für mein Fehlverhalten wegen der Beacharty hier mit einem Verbot wirklich krass treffen können.

Ich musste an Yannis und Sophia denken, die auch bemerkt hatten dass ich wirklich tolle Eltern hatte.

Sie würden es nicht bereuen und ich nahm mir ganz fest vor zuhause gut mitanzupacken.

Zwei Tage lagen noch vor uns, die würde ich auch wirklich noch geniessen, aber mittleweile freute ich mich auch schon wirklich auf Zuhause!

Als wir im Auto waren schrieb ich kurz Leo zurück und natürlich auch Mark und Laura.

11

Die letzten beiden Tage verbrachten wir noch mit sonnen, schwimmen und schönen Strandspaziergängen. Auch Yannis besuchten wir nochmal in seiner Taverne.

Und dann hieß es auch bei uns packen. Laut Info in unserer Veranstaltermappe ging unser Flug um 20 Uhr und der Bus würde uns um 17.30 am Hotel abholen. Ich überlegte, mit Zeitverschiebung zurück nach Deutschland würden wir also gegen 22 Uhr in München landen.

Wie vereinbart schickte ich Mark unsere Daten. Insgeheim hoffte ich dass er zum Flughafen kommen würde. Aber wie? Immerhin war der fast 40 km von zuhause entfernt und Mark hatte mit seinen 17 1/2 Jahren noch keinen Führerschein.

Irgendwie ging das einpacken am Ende des Urlaubs immer schneller als das herrichten und einpacken vor dem Urlaub. Wir verstauten alles in unseren Koffern bis auf Kleidung für die Heimreise denn wir mussten schon mittags unser Zimmer räumen. Wir konnten unsere Koffer an der

Rezeption abstellen und wollten wirklich noch jede Minute am Pool verbringen.

Laura hatte mir bereits das dritte Foto mit Outfits für morgen abend geschickt und was ich dazu sagen würde. Leos Fußballkamerad Tim würde auch kommen und in den war Laura nun schon einige Wochen verknallt. Ich schmunzelte in mich hinein und sah auf wetteronline nach wie morgen zuhause das Wetter sein würde. Auch dort war es noch sommerlich und ich würde gleich meine neuen Sandaletten anziehen, am besten mit einer schönen Caprijeans und ein weißes Shirt um meine Urlaubsbräune zeigen zu können. Und ich freute mich so auf Mark, ich bekam direkt ein Kribbeln im Bauch.

Mittags holten wir uns wieder Pizza und Pitataschen an der Poolbar und löschten unseren Durst mit kühler Cola.

Um drei gingen wir nochmal ins Meer und genossen das erfrischende Wasser. Danach schwammen wir noch ein paar Runden im Pool.

Und dann war es auch für uns so weit und es hieß Abschied nehmen. Mama fiel es sichtlich am schwersten und ich drückte sie kurz.

Wir freuten uns als Christos mit einer Kollegin von der Rezeption zu uns herkam und uns noch lieb verabschiedete.

Als ich im Bus saß und wir Richtung Flughafen fuhren hatte ich trotz der Vorfreude auf zuhause einen dicken Kloß im Hals dass wir diese schöne Insel nun verlassen mussten. Zu Anfang des Urlaubs hätte ich das nicht für möglich gehalten!

Die Warterei am Flugahfen ging schnell vorbei und unser Flug startete mit nur wenigen Minuten Verspätung.

Wir hatten drei Plätze nebeneinander und Mama lächelte und meinte "Hey, unsere Große, das wird wohl unser letzter gemeinsamer Familienurlaub gewesen sein, oder?" Schade dass du schon immer mehr deine eigenen Wege gehen wirst, aber Schwamm drüber, ich wollte in deinem Alter auch kein solches Gerede von Oma hören" sagte sie zwinkernd.

"Am Anfang war ich wirklich nicht so scharf auf den Familienurlaub, aber dann hats mir doch insgesamt super gefallen. Und

Rhodos selbst werd ich bestimmt mal wieder besuchen, ist ja total schön dort."

Die knapp drei Stunden Heimflug waren im Nu vorbei und um kurz vor zehn hatte uns die Heimat wieder. Der Pilot landete das Flugzeug sicher und ohne Wackler und bekam Applaus von den Fluggästen, obwohl ich gehört hatte es sei "out" zu klatschen oder zumindest uncool. Doch alle waren froh wieder heil gelandet zu sein und so hatten doch nicht wenige geklatscht.

Am Kofferband suchten wir uns ein ruhiges Eck und warteten auf unsere drei Koffer. Auch das ging relativ problemlos und nach zwanzig Minuten strebten wir dem Ausgang entgegen.

Mit Opa war vereinbart dass er uns abholen würde und ich sah ihn schon winken. Ich ging voraus und umarmte ihn, danach dann gleich Mama.

Und dann sah ich sie: ein paar Meter weiter standen Mark, Laura und.......Sophia. Alle drei grinsten um die Wette und ich war beinahe sprachlos. Auch meine Eltern guckten etwas irritiert.

Als erstes drückte mich Mark und gab mir einen kleinen Kuss auf den Mund, danach hängte er mir ein Lebkuchnherz mit Zuckergußschrift um, auf dem Stand "Willkommen daheim". Ich war total gerührt und bekam weiche Knie. Wie lieb von ihm!

Lange hatte ich nicht Zeit zum schwärmen dann fiel mir Laura um den Hals und lachte

"Hey Urlauberin! Du siehst voll cool aus, braungebrannt und voll erholt! Als mich Mark gefragt hat ob ich mitkommen will war das klar wie Kloßbrühe. Magnus hat uns gefahren!"

Magnus, der Bruder von Mark stand etwas abseits und nickte grüßend zu uns. Er war ein ruhiger Typ und hatte sich wohl geduldig als Fahrer breitschlagen lassen.

Und dann drückte mich Sophia mit einer Begeisterung dass mir fast die Luft wegblieb.

"Hallo Carina! Mama hat mich hergefahren, ich hab ihr erzählt wie lieb du mich verabschiedet hast und da konnte ich sie überzeugen dass ich dich hier begrüßen möchte!

Deine Freunde sind ja auch total lieb. Sie lächelte Laura und Mark zu und ich war in dem Moment wohl einer der glücklichsten Menschen der Erde.

So ein Empfang! Wer hätte damit gerechnet!

Allerdings blieb es beim Empfang, denn Magnus wedelte schon mit der Hand und drängte zum Aufbruch.

"Kommt Leute, begrüßen war ausgemacht, quatschen könnt ihr morgen, da seht ihr euch eh schon wieder. Ich muß morgen früh raus."

Also verabschiedete ich mich auch schon wieder von ihnen, nicht ohne ihnen gesagt zu haben, wie sehr mich ihr Empfang gefreut hatte.

Laura umarmte ich nochmal kurz, Magnus drückte mir kurz die Hand und Mark sah ich nochmal tief in die Augen und gab ihm dann einen Gutenachtkuss.

Opa bequatschte Mama und Papa und ich wurde nochmals von Sophia vereinnahmt.

"Carina, ich bin erst seit gestern vom Zeltlager zurück und es war so super dort! Ich muß dir das unbedingt noch genauer erzählen! Ich hab schon von Papa und Tobi gehört dass wir uns demnächst mal treffen. Darauf freue ich mich wirklich, ganz ehrlich! Und jetzt wünsch ich euch einen guten Nachhauseweg, ich muß auch wieder raus zu Mama, sie steht in der Kurzparkzone. Also ihr Lieben, Danke für alles und bis bald!"

Wir winkten und sahen ihr nach und machten uns dann auch auf den Weg zum Auto.

Ich war immer noch in Höchststimmung und Opa schmunzelte über das "Empfangskomitee".

Nach einer halben Stunde Fahrt waren wir dann endgültig zuhause und jetzt konnte ich ein Gähnen nicht mehr unterdrücken.

Wir wünschten uns Kali nichta - gute Nacht und ich dachte vor dem einschlafen nochmal an diesen ereignisreichen Tag und an die gelungene Überraschung am Flughafen.

Als ich mich in mein Bett kuschelte merkte ich erst wie erschöpft und müde ich war und drehte mich einfach um und ließ meine Gedanken kreisen an den schönen erlebnisreichen Urlaub.

Wer weiß wo es nächstes Jahr hingehen würde, und mit wem,

vielleicht sogar mit Laura? Oder mit
Mark? Oder sogar mit zwei Pärchen?
Wer weiß was bis dahin sein würde....

Mit einem Lächeln auf den Lippen
schlief ich endlich ein.

- ENDE -